Konrad von Maurer, Konrad von Maurer

Über die Hœnsa-Þóris saga

Konrad von Maurer, Konrad von Maurer

Über die Hœnsa-Þóris saga

ISBN/EAN: 9783742852243

Hergestellt in Europa, USA, Kanada, Australien, Japan

Cover: Foto ©Andreas Hilbeck / pixelio.de

Manufactured and distributed by brebook publishing software (www.brebook.com)

Konrad von Maurer, Konrad von Maurer

Über die Hœnsa-Þóris saga

Ueber die

Hænsa-Þóris saga.

Von

Konrad Maurer.

Aus den Abhandlungen der k. bayer. Akademie der W. I. Cl. XII. Bd. II. Abth.

München 1871.
Verlag der k. Akademie,
in Commission bei G. Franz.
Akademische Buchdruckerei von F. Straub.

Ueber die

Hænsa-þóris saga.

Von

Konrad Maurer.

Widerholt schon habe ich geglaubt darauf aufmerksam machen zu sollen, dass die isländische Sagenlitteratur erheblich jüngeren Datums sei, als man diess gemeiniglich anzunemen pflegt[1]). Die allgemeineren Gründe, auf welche der namhafteste Vertreter jener weitverbreiteten Ansicht, P. E. Müller, dieselbe zu stützen suchte, wurden dabei von mir widerlegt, und eine Reihe von Quellenstellen vorgeführt, welche die Behauptung rechtfertigen, dass vor dem letzten Viertel des 12. Jahrhunderts auf Island von einer Sagenschreibung, soweit einheimische Geschichtsstoffe in Frage stehen, noch keine Rede war. Aber Müller und seine Nachfolger haben sich nicht darauf beschränkt, ihre Sätze allgemeinhin auszusprechen und zu vertheidigen, vielmehr haben sie auch eine Anzahl einzelner Sagen als solche bezeichnet, welche bereits aus dem Anfange des 12. Jahrhunderts oder doch aus wenig späterer Zeit stammen sollten,

---

[1]) vgl. zumal meine Abhandlung Ueber die Ausdrücke altnordische, altnorwegische und isländische Sprache, S. 497—8, und 088, sowie meinen Artikel Ueber die norwegische Auffassung der nordischen Litteraturgeschichte, S. 46—47, und 67—68 (in der Zeitschrift für deutsche Philologie, Bd. I).

und eine erfolgreiche Bekämpfung jener frühen Datirung der Sagenlitteratur setzt demnach voraus, dass auch in dieser Beziehung ihre Verfechter Schritt für Schritt verfolgt und widerlegt werden. Anderentheils habe ich auch schon mehrfach die Ansicht ausgesprochen und verfochten[1]), dass die uns erhaltene Íslendíngabók des Ari hinn fróði nur eine wesentlich abgekürzte Ueberarbeitung eines älteren, ungleich umfassenderen Werkes desselben Verfassers sei, welches letztere im 13. Jahrhundert auf Island noch allgemein gekannt und mehrfach benützt worden sei, und von hier aus ist mir die Aufgabe nahe gelegt, Umschau zu halten, wieweit etwa in Werken der angegebenen Zeit Ueberreste jener ersten Redaction zu finden, oder sonst irgend welche Einflüsse derselben zu verspüren sein möchten. Beide Gesichtspunkte zugleich bestimmen mich, zunächst die Hænsapóris saga zum Gegenstande einer eingehenderen Prüfung zu wählen, mit welcher mich rechtsgeschichtliche Studien ohnehin schon mehrfach in Berührung gebracht haben.

Ueber die Entstehungszeit dieser Quelle gehen die Ansichten der neueren dänischen und norwegischen Litterarhistoriker von denen der isländischen Gewährsmänner beträchtlich ab. P. E. Müller nimmt an, dass dieselbe bereits im Anfange des 12. Jahrhunderts „zusammengesetzt, wenn auch nicht nidergeschrieben" worden sei, wesshalb dieselbe denn auch vollständigen Glauben verdiene[2]). P. A. Munch, welcher die Sage ins Dänische übersetzte, schliesst sich diesem Urtheile nach beiden Seiten hin in den bestimmtesten Ausdrücken an[3]). N. M. Petersen, welcher in seiner Geschichte der altnordischen Litteratur auf dieselbe zu reden kommt, spricht sich zwar über deren Werth und Alter nicht ausdrücklich aus, scheint aber doch auch seinerseits Müller's Ansicht festhalten zu wollen[4]). Endlich R. Keyser rechnet die Sage in seiner Litteraturgeschichte zu denjenigen, die am Frühesten zusammengesetzt, sowie auch

---

1) vgl. zumal meine Abhandlung über Die Quellenzeugnisse über das erste Landrecht und über die Ordnung der Bezirksverfassung des isländischen Freistaates, S. 68. und fgg., sowie meinen Aufsatz in der Germania, Bd. XV, S. 297—321.
2) Sagabibliothek, I, S. 84—85 (1817).
3) Sagaer eller Fortællinger om Nordmænds og Islænderes Bedrifter i Oldtiden; II, Hœnse-Thorers Saga (Christiania, 1845), Vorrede, S. III.
4) Annaler for Nordisk Oldkyndighed, (1861), S. 210—11.

am Ersten nidergeschrieben worden seien, und meint, das Letztere werde gegen die Mitte des 12. Jahrhunderts geschehen sein[1]). Dem gegenüber lässt aber Jón Sigurðsson, der Herausgeber der Sage, zwar die Anname unbeanstandet, dass dieselbe zu den älteren Sagen gehöre, erklärt dagegen bezweifeln zu müssen, dass ihre Entstehung bis in den Anfang des 12. Jahrhunderts hinaufgesetzt werden dürfe[2]); Guðbrandr Vigfússon aber spricht vollends in seiner Chronologie der isländischen Sagen die Vermuthung aus, dass Styrmir hinn fróði bei deren Abfassung betheiligt gewesen sein möge[3]), was deren Entstehung um ein volles Jahrhundert herabrücken würde, da Styrmir erst im Jahre 1245 starb. Mit der Begründung dieser verschiedenen Behauptungen sieht es indessen vorläufig noch übel genug aus. Bischof Müller stützte seine Angabe lediglich darauf, dass in der Sage einmal Úlfheðinn Gunnarsson als Gewährsmann angeführt wird, welcher in den Jahren 1108—16 das Amt eines Gesetzsprechers bekleidete, und im zuletzt genannten Jahre starb[4]). Aber Jón Sigurðsson hat bereits vollkommen richtig erkannt, dass die Stelle, welche diese Bezugname enthält, lediglich ein späteres, aus der Íslendíngabók Ari's entnommenes Einschiebsel sei, in welcher letzteren denn auch wirklich jene Verweisung auf Úlfheðin in ganz gleicher Weise sich findet[5]), und ich habe meinerseits ausführlich nachzuweisen gesucht, dass es die erste Redaction der Íslendíngabók gewesen sei, aus welcher die Interpolation entlehnt wurde[6]), sodass jenes Argument als vollkommen hinfällig geworden bezeichnet werden darf. So bleibt demnach Nichts als die von Munch betonte Berufung auf die Alterthümlichkeit der Sprache in der Sage übrig, ein Moment, welches in keiner Weise geeignet

---

1) Efterladte Skrifter, I, S. 488, vgl. mit S. 487 (1960).
2) Íslendínga sögur, II, Vorrede, S. XIV (1847).
3) Safn til sögu Íslands. I, S. 306 (1856).
4) Die Belege giebt Jón Sigurðsson, im Safn, II, S. 21—22.
5) Íslendínga sögur, II, S. XIV—XV, und S. 172—74, Anm. 28. Munch, der in seiner Uebersetzung der Sage die Interpolation noch nicht als solche erkannt hatte, macht in seiner Norwegischen Geschichte, I, 2, S. 155, Anm. (1653) auf sie aufmerksam, jedoch ohne Jón Sigurðsson zu nennen. Peterson wiederholt einfach Müller's Angabe, ohne von der Berichtigung Notiz zu nemen.
6) Quellenzeugnisse, S. 70—84.

ist auf ein so überaus hohes Alter, oder überhaupt auf eine ganz bestimmt begrenzte Entstehungszeit derselben schliessen zu lassen. Umgekehrt ist mir aber auch nicht der mindeste äussere Anhaltspunkt bekannt, welcher dieselbe mit Styrmir in Beziehung zu bringen gestatten würde, und was wir anderweitig über dessen schwülstige Schreibweise erfahren, will zu der schlichten und knappen Darstellung der Sage meines Erachtens nur wenig passen. Eine neuerliche Untersuchung der Entstehungszeit derselben ist hiernach kein unnöthiges Unternemen, und der Versuch jedenfalls der Mühe werth, ob sich nicht andere und sicherere Anhaltspunkte zur Bestimmung ihres Alters als die bisher besprochenen auffinden lassen.

Der handschriftliche Befund lässt uns zu bestimmten Ergebnissen in dieser Richtung allerdings nicht gelangen. Ich habe anderwärts bereits zu bemerken gehabt[1]), dass die beiden Blätter einer Membrane, der einzigen von welcher uns überhaupt Etwas erhalten ist, nicht über die erste Hälfte des 15. Jahrhunderts hinaufreichen, und dass die sämmtlichen Papierhss. auf denen unser Text der Quelle im Uebrigen beruht, auf eine einzige Urhs. zurückzuweisen scheinen. Ich habe damals auch nicht unerwähnt gelassen, dass Jón Sigurðsson für nicht unwahrscheinlich hält, diese gemeinsame Urhs. möge gerade in jener Membrane bestanden haben, von welcher jene beiden Blätter uns noch übrig sind[2]), wogegen Guðbrandr Vigfússon dieselbe in der im Jahre 1728. verbrannten Vatnshyrna erkennen möchte[3]); jetzt aber möchte ich zur Unterstützung der letzteren Anname noch geltend machen, dass derselbe Propst Ketill Jörundarson, dessen nunmehr verlorene Abschrift der Sage Jón Sigurðsson als das Mittelglied zwischen jener Membrane und den Papierabschriften ansieht, auch von allen anderen in der Vatnshyrna enthaltenen Sagen, mit alleiniger Ausname etwa der Vatnsdæla, Abschriften hinterlassen hat, sodass alle Wahrscheinlichkeit dafür spricht, dass von ihm diese ganze Sammelhs. in allen ihren einzelnen

---

1) ebenda, S. 76. Die Fragmente reichen von cap. 3, S. 131, Anm. 16, bis cap. 6, S. 140, Anm. 20, dann von cap. 15, S. 175, Anm. 3, bis cap. 17, S. 183, Anm. 17. der Sage.
2) vgl. S XV. seiner Vorrede.
3) vgl. die Vorrede zu den von ihm und Th. Möbius herausgegebenen Fornsögur, S. XIV, Anm.

Theilen copirt worden sei[1]). Da übrigens die Vatnshyrna selbst ebenfalls erst um das Jahr 1400. herum geschrieben worden zu sein scheint, kann für unseren Zweck sehr gleichgültig sein, ob sie oder jener andere Membrancodex die gemeinsame Quelle unserer Papierhss. gebildet habe; über das Jahr 1400. reicht die handschriftliche Gewähr für die Sage so wie so nicht zurück, und da andererseits aus anderwärts bereits dargelegten Gründen vor den letzten Jahrzehnten des 12. Jahrhunderts noch keine Sagenschreibung als vorhanden angenommen werden kann, wäre etwa die Zeit von 1200. bis 1400. als diejenige zu betrachten, welcher die Entstehung unserer Sage anheimzufallen hätte. Geschichtliche Zeugnisse über das Alter derselben fehlen vollständig, soferne dieselbe in keiner anderen erhaltenen Quelle genannt oder angeführt wird. Allerdings geschieht einzelner in derselben erzählter Vorgänge und einzelner in ihr auftretender Persönlichkeiten auch anderwärts noch Erwähnung; aber dabei macht sich auch sofort bemerkbar, dass diese Erwähnung keineswegs überall eine völlig conforme ist, dass vielmehr unsere Sage mit jenen anderen Quellen hin und wider in einem auffälligen Widerspruche steht, während sie anderwärts mit denselben wider nicht minder auffällige Berührungspunkte hat, sei es nun dass sie solche benützt habe, oder dass sie umgekehrt von ihnen benützt worden sei. Solche Vorkommnisse bedürfen indessen einer specielleren Erörterung, ehe aus ihnen Ergebnisse für die Genesis unserer Sage gewonnen werden können, und sie werden solche unten noch finden. Die Sprachformen und die Darstellungsweise derselben erkennt Jón Sigurðsson, der competenteste Richter, als alt an[2]); aber ein bestimmteres Urtheil über dieselben abzugeben, ist schwer. Von den entschieden für das 12. Jahrhundert charakteristischen Formen weiss ich in der Sage keine zu entdecken; wohl aber fehlt es nicht an gar mancherlei seltenen Worten, die auf ein ziemlich hohes Alter der Quelle schliessen lassen. Ich habe mir abgesehen von dem unten noch ausführlich zu besprechenden Ausdrucke lögmálsataðr, beispielshalber die folgenden notirt: algjafta, cap. 5, S. 138; ala á málit, cap. 4, S. 133. und cap. 11, S. 163; bærr er

---

[1] vgl hierüber meine Bemerkungen in der Germania, XII, S. 462—3.
[2] Vorrede, S. XIV.

hverr at ráða sínu, cap. 7, S. 145; vm morgininn í ár, cap. 11, S. 161; draga nasirnar, cap. 5, S. 136; forkast, cap. 6, S. 141; gjálgrun, cap. 5, S. 139; hínkr, cap. 7, S. 147; hugsi, cap. 10, S. 156; iðgjöld, cap. 15, S. 175; illbýli, cap. 6, S. 141; klifgata, cap. 15, S. 176; misgöng, cap. 2, S. 127; nytléttr, cap. 17, S. 180; skermsl, cap. 17, S. 181; sneiðignta, cap. 15, S. 175; spark, cap. 5, S. 139; sumarkaup, cap. 1, S. 124; útifè, cap. 10, S. 155; úlfs munni af etaz, cap. 11, S. 165; örkola, cap. 4, S. 134. Aber freilich ist es schwer, aus solchen Vorkommnissen sichere Schlüsse zu ziehen. Manche der obigen Worte lassen sich, so selten sie sind, doch auch in einzelnen anderen Quellen nachweisen, wie hierauf z. B. bezüglich des Wortes misgöng bereits von dem Herausgeber, S. 127—8, Anm. 12, und S. 512. aufmerksam gemacht worden ist; um morgininn í ár steht auch in der Hervarar s., cap. 19, S. 503, und ár um morgininn in der Grágás, Kgsbk. §. 187, S. 94—5; das ala á málit findet sich auch in der Svarfdæla, cap. 21, S. 172, und die iðgjöld bietet die Vatnsdæla sogar zweimal, cap. 7, S. 13, und cap. 38, S. 61; mit dem „bærr er hverr at ráða sínu" vergleicht sich das „bærr þykkjumst ek at ráða" des Hemíngs þ. in der Flateyjarbók, III, S. 404, und zu dem „úlfsmunni af etaz" das „hefir mèr farit sem varginum; þeir etast þar til er at halanum kemr" der Bandamanna s., S. 35. Zum Theil ist es auch wohl rein zufällig, dass dieses oder jenes Wort in den Quellen weiter nicht begegnet, wie denn z. B. von útigángsfè oder útigángspeníngr noch heutigen Tages auf Island oft genug gesprochen wird, um das útifè unserer Sage nicht auffällig erscheinen zu lassen, und in weit häufigeren Fällen noch mögen Worte dem einzelnen Leser als selten vorkommende oder selbst einzig dastehende erscheinen, die doch anderwärts sich widerfinden; solange zumal das von R. Cleasby begonnene und von Guðbrandr Vigfússon ausgearbeitete Wörterbuch mit seinen reichlich und sorgsam ausgewählten Belegstellen noch nicht vollständig vorliegt, werden Wenige über eine genügende Detailkenntniss des gesammten Wortschatzes der altisländischen Sprache verfügen, um derartige Fragen mit voller Sicherheit entscheiden zu können. Umgekehrt weiss ich aber auch keine Ausdrücke nachzuweisen, die entschieden auf eine spätere Zeit als das 13. Jahrhundert hindeuten würden, und insbesondere verrathen die juristischen Ausdrücke nirgends einen Einfluss der seit dem Jahre 1273. eingeführten norwegischen Rechtsordnung; höchstens die Bezeichnung varzla für die Bürgschaft in cap. 5, S. 135. könnte allenfalls auf norwegischen Ursprung zurückzuführen sein, aber selbst bei ihr möchte ich diese Herleitung nicht für sicher halten. Was aber die Darstellungsweise der Sage betrifft, so ist diese allerdings im Grossen und Ganzen so schlicht und einfach, dass man dadurch wohl auf das 13. Jahrhundert und selbst auf dessen erste Hälfte als die Entstehungszeit derselben zu schliessen sich veranlasst sehen möchte; indessen fehlt es doch auch nicht an Einzelnheiten, welche einem solchen Schlusse entgegengehalten werden könnten, und eine genauere Prüfung des Inhaltes der Sage wird somit nothwendig, mit welcher sich dann auch zugleich eine eingehendere Erörterung der Unebenheiten in der Darstellung derselben, sowie des Verhältnisses verbinden lässt, in welchem ihre Angaben zu den Angaben anderer Quellen stehen.

Die Geschichte, welche die Hœnsaþóris saga erzählt, ist ganz desselben Schlages wie sie die Íslendínga sögur ihrer grossen Mehrzahl nach zu bieten pflegen. Blundketill, ein Sohn des Geirr hinn auðgi aus Geirshlíð, eines Sohnes des Ketill blundr, „nach welchem das Blundsvatn benannt ist", wohnte im Örnólfsdalr; er war ein braver, allgemein beliebter Mann, und dabei so reich, dass er nicht weniger als 30. Pächter hatte. Nun geschah es einmal, dass norwegische Schiffer in den Borgarfjörðr einliefen, die sich nicht, wie dies der allgemeine Brauch forderte, von Túngu-Oddr als dem mächtigsten Häuptlinge der Gegend ihre Waaren taxiren lassen wollten. Daraufhin hatte dieser, wie dies öfter zu geschehen pflegte, allen Verkehr und jede Handelschaft mit denselben verboten, und die Fremden dadurch in die übelste Lage gebracht. Mit dem Vater des Schiffsherrn befreundet, nam Blundketill ihn sammt seiner ganzen Mannschaft trotz des Verbotes bei sich auf; Túngu-Oddr aber trug ihm diese Auflehnung gegen sein Gebot bitter nach, wenn er gleich gegen den ebenso thatkräftigen als angesehenen Mann offen vorzugehen nicht wagte. Bald ergab sich ein neuer Conflict. Der Sommer war schlecht gewesen, und nur wenig Heu war eingebracht worden. Blundketill hatte sich unter solchen Umständen nicht nur selber mit Vorräthen wohl vorgesehen, sondern auch allen seinen Pächtern

genau vorgeschrieben, wieviel Vieh ein jeder von ihnen im Herbste
schlachten solle; aber die Leute kamen dieser seiner Vorschrift nicht
nach, und zeigten vielmehr dieselbe Sorglosigkeit, mit welcher der isländische Bauer noch heutigen Tages dem Winter entgegenzugehen pflegt:
sie stellten weit mehr Stücke auf, als sie mit ihren Vorräthen zu über-
wintern im Stande waren, und Einer nach dem Andern sah demgemäss
sein Futter aufgehen, ehe das Vieh noch seine Nahrung auf der Weide
finden konnte. Einer nach dem Andern wandte sich nun an Blundketill,
und mitleidig half dieser aus so lange er konnte. Er liess sogar eine
Anzahl seiner eigenen Pferde schlachten, um nur seinen Landsassen
aufhelfen zu können; aber trotzdem wollten auch seine Vorräthe für
den vermehrten Bedarf auf die Dauer nicht vorhalten, und noch immer
wollte der Winter kein Ende nemen. Nun wohnte in der Nachbarschaft
ein Mann Namens þórir; der hatte vordem als Händler mit allerlei
kleinen Waaren das Land durchzogen, und weil er einmal nach dem
Nordlande Hühner mitgebracht hatte, den Beinamen Hænsa-þórir, d. h.
Hühnerþórir, erhalten. Nach und nach war er vermöglich geworden,
und hatte sich den Hof zu Vatn gekauft; weil er aber von geringer
Herkunft, und überdiess allerwärts übel angesehen war, hatte er sich
um eine Stütze umgesehen, und eine solche an dem Häuptlinge Arngrímr
Helgason zu Norðrtúnga gefunden, wofür er dessen Sohn Helgi, nach
welchem der Hof seinen späteren Namen Helgavatn erhielt, in Pflege
nemen, und demselben überdiess die Hälfte seines gesammten Vermögens
zusichern musste. Von diesem þórir nun wusste man, dass er noch
Ueberfluss an Heu habe, und an ihn wandte sich darum Blundketill,
um solches zu kaufen; aber der ebenso misgünstige als gemeine Mensch
leugnete erst den Besitz entbehrlicher Vorräthe ab, und verweigerte dann
trotz der liberalsten Kaufsangebote Blundketils deren Veräusserung: da
nam dieser ihm zornig das entbehrliche Heu weg, legte dessen Werth
an die Stelle und gieng fort. Juristisch war dieses Verfahren in keiner
Weise zu rechtfertigen, wenn es auch durch das boshafte Verhalten
þórir's sich entschuldigen lassen mochte; þórir selber will in demselben
den Thatbestand eines Raubes erkennen, und wendet sich erst an Arngrím, dann an Túngu-Odd um Hülfe. Da hier wie dort des Mannes
Pflegesohn, der brave Helgi, den wahren Sachverhalt offen aufklärt,

wird sein Gesuch von Beiden abgewiesen; aber dafür nimmt sich þorvaldr, Túngu-Odds Sohn, von þórir beschwätzt und bestochen der Sache an, und reitet, ohne auch nur mit seinem Vater darüber gesprochen zu haben, von Arngrím und Helgi begleitet, mit þórir und einer Schaar von über 30 Leuten nach Blundketils Hof. Nochmals macht dieser die liberalsten Anerbietungen; dennoch lässt sich þorvaldr, welchem þórir die Sachführung rechtsförmlich übertragen hatte, von diesem bestimmen, ihn wegen Raubes förmlich vor Gericht zu laden. Ganz verstört über diese ehrenrührige Anklage kehrt Blundketill in sein Haus zurück; da vermag der Norweger Örn, vom Zorne über die seinem Gastfreunde angethane Schmach übermannt, nicht mehr an sich zu halten: er legt einen Pfeil auf den Bogen, und schiesst mitten in den Haufen der Gegner hinein. Das Unglück will, dass das Geschoss gerade den Helgi Arngrímsson trifft, des bösen þórir wackeren Pflegling, und zwar tödtlich; diess bedingt die Katastrophe. Von þórir angehetzt, überfallen Arngrímr und þorvaldr gleich in der folgenden Nacht den Hof im Örnólfsdalr, zünden ihn an, und lassen dessen Bewohner sammt und sonders in demselben verbrennen, indem sie ihnen den Ausgang mit gewaffneter Hand wehren; dieser Mordbrand aber ist es, welcher den Mittelpunkt der ganzen Erzählung bildet, indem der zweite Theil der Sage, wie diess in ähnlichen Fällen regelmässig zu geschehen pflegt, nur mit der Rache sich beschäftigt, welche für die begangene Gewaltthat genommen wird. — Blundketils Sohn, Hersteinn, war zufällig gerade in der Nacht, in welcher der Mordbrand begangen wurde, von Hause abwesend, und bei seinem Pflegevater, dem alten þorbjörn stígandi, zu Gaste gewesen. Durch einen Traum geweckt, steht er auf und sieht die Brandröthe; sie reiten nach dem Örnólfsdal, und finden die Brandstätte bereits von den Gegnern verlassen. Auf þorbjörns Rath wenden sie sich zunächst an Túngu-Odd, der Jenem einst Beistand in allen Nöthen verheissen hatte; aber der reitet zwar mit ihnen zur Brandstätte, jedoch nur um hier ein glimmendes Holzscheit zu ergreifen, mit diesem der Sonne entgegen die Hofstatt zu umreiten, und damit das unbewohnt gefundene Land als herrenlos für sich selbst in Besitz zu nemen! Jetzt greift der alte þorbjörn nach einem anderen Auswege. Er sammelt alles zum Hofe gehörige Vieh, belastet mit der Fahrhabe, soweit sie das

Feuer verschont hatte, die Pferde, und reitet, die Thiere vor sich hertreibend, mit Hersteinn nach Svignaskarð, wo þorkell trefill wohnt, ein mächtiger Häuptling. Des Vorgefallenen unkundig und nur an Blundketils Heumangel denkend, ladet sie dieser in zuvorkommendster Weise ein, ihre Thiere bei ihm in Futter zu geben, und erbietet sich ihnen überhaupt zu jeder Hülfeleistung; als er dann hinterher Blundketils Tod erfährt, wird er allerdings bedenklicher, mag aber doch die einmal gegebene Zusage nicht zurückziehen. Nach kurzer Rast reitet er mit seinen Gästen weiter, und zwar nach Gunnarsstaðir auf den Skógarströnd, einem noch jetzt bestehenden Hofe an der Südküste des Hvammsfjörðr. Hier wohnte damals Gunnarr Illifarson, ein tüchtiger Mann, welcher des mächtigen þórðr gellir Schwager war. Es hatte aber Gunnarr zwei Töchter, Jófríðr und þuríðr; um die letztere hält Hersteinn sofort an, und obwohl Gunnarr Bedenkzeit wünscht, zumal auch um vorerst mit seinem Schwager Rücksprache nemen zu können, wissen die Besuchenden doch durch eifriges Drängen durchzusetzen, dass þuríðr sofort verlobt wird. Jetzt erst erfährt Gunnarr Blundketils Tod. Des anderen Tages reiten sie nun Alle zusammen nach Hvammr zu þórðr gellir, in dessen Hause þuríðr erzogen wurde. þórðr äussert sich sehr freundlich über Blundketil, von dem er selber vordem grosser Gastfreiheit genossen hatte, und lässt sich ohne viele Mühe bereden, seine Zustimmung zu der Heirath zu geben. Er lässt sich sogar dazu herbei, die þuríð mit eigener Hand zu verloben, und verspricht, schon nach achttägiger Frist die Hochzeit seinerseits zu Hvammr auszurichten; auch er erfährt aber den Tod Blundketils erst hinterher, nachdem die Verlobung bereits vollzogen ist. Wohl ist er nun gar sehr erzürnt über den ihm gespielten Betrug; aber zurückgehen kann und will auch er nicht mehr, und so wird denn die Hochzeit in seinem Hause gehalten. Bei dieser legt Hersteinn das feierliche Gelübde ab, den Arngrím aufs Aeusserste zu verfolgen, und Gunnarr gelobt das Gleiche in Bezug auf þorvald; nur þórðr lässt sich in keiner Weise zu einem änlichen Gelübde Túngu-Odd gegenüber bestimmen. Im Frühjahre wird die rechtsförmliche Ladung gegen Arngrím, þorvald und Hænsaþórir erlassen, und durch dieselbe der Handel an dem þíngnessþíng anhängig gemacht. Hænsaþórir macht sich jetzt bis auf Weiters unsichtbar; im Uebrigen aber sammelt man beiderseits Anhänger, und macht sich auf die Dingreise. In der Gegend übermächtig, verwehrt Túngu-Oddr der Klagsparthei mit 4. Hunderten von Leuten den Uebergang über die Hvítá (den prælastraum); im Kampfe fallen beiderseits ein paar Leute, darunter ein angesehener Mann aus dem Breiðifjörðr, Þórólfr refr: schliesslich muss die Klagsparthei sich zurückziehen, ohne auch nur die Dingstätte betreten zu haben, und die Sache an das Allding hinüberleiten, da sie dieselbe am Untergerichte nicht zur Verhandlung zu bringen vermag. Hersteinn übernimmt nun zunächst den Hof zu Gunnarsstaðir, Gunnarr dagegen den im Örnólfsdalr, welchen er neu aufbaut; als aber die Dingzeit heranrückt, muss der Erstere Krankheits halber daheim bleiben, und seine Genossen unter der Führung des Þórðr gellir allein reiten lassen. Þórðr kommt sehr frühzeitig zum Alldinge, welches dazumal unter dem Ármannsfell gehalten wurde; rasch verstärkt er sich durch einen Zuzug nach dem anderen, und als endlich Túngu-Oddr mit den Seinigen heranzieht, stellt er sich ihm entgegen, um ihm mit gewaffneter Hand den Zutritt zu der geweihten Dingmark zu wehren. Obwohl von 3. Hunderten von Leuten begleitet, war Túngu-Oddr doch seinen Gegnern an Zahl der Anhänger bei Weitem nicht gewachsen; er verlor im Kampfe nicht wenige der Seinigen, und wurde hart bedrängt, bis es endlich unpartheiischen Männern gelang unter den Partheien dahin zu vermitteln, dass er ausserhalb der Dingmark seine Zelte aufschlagen und sich durchaus friedlich halten, dafür aber zu den Gerichten freien Zutritt haben, und auch zur Vornamc seiner sämmtlichen übrigen rechtlichen Geschäfte ungestört zugelassen werden sollte. In der Hauptsache selbst suchte man ebenfalls einen Vergleich zu vermitteln; damit aber gieng es schwer, weil die Uebermacht der Klagsparthei eine gar zu grosse war. Mitten in den Bericht über diese Vergleichsverhandlungen findet sich nun jene oben erwähnte, aus der älteren Recension der Íslendingabók entlehnte Episode eingeschoben, welche sich auf die von Þórðr gellir gelegentlich dieser Streitsache am Alldinge beantragte und durchgesetzte Ordnung der Bezirksverfassung der Insel bezieht; dann aber lenkt die Sage wider zu Hersteinn hinüber, und erzählt, wie dieser bald nach der Abreise seiner Genossen besser wurde, und wie er sich sofort nach dem Örnólfsdal aufgemacht habe. Da sei nun eines Morgends ein Bauer Namens Örnólfr zu ihm

gekommen, um ihn zu bitten, dass er seine kranke Kuh ansehen und
ihm ihrethalb rathen möge. Da sich der Mann von seiner Bitte nicht
abbringen liess, sei er wirklich mit ihm gegangen; bald aber habe er,
scharfen Auges wie er war, im Walde Schilde blinken sehen, und daraus
geschlossen, dass ihn der Nachbar verrathen wolle. Da dieser auf eine
dessfällige Aeusserung schweigt, erkennt Hersteinn, dass er durch einen
Eid gebunden sein müsse; er heisst ihn sich niderlegen, und liegen
bleiben ohne einen Laut von sich zu geben; er kehrt um, holt sich
Hülfe, und nöthigt dann den Gefangenen, nach dem verabredeten Orte
voranzugehen und hier zu thun wie ihm geboten war. Da steigt Örnólfr
auf einen kleinen Hügel, und thut einen lauten Pfiff. Sofort kommen
12. Bewaffnete aus dem Walde hervorgestürzt, und unter ihnen Hænsaþórir als ihr Führer; alle Zwölfe werden sie ergriffen, und dem Hænsaþórir schlägt sofort Hersteinn mit eigener Hand den Kopf ab, mit
welchem er sodann seinen Genossen zum Alldinge nachreitet. Hier erndtet
er vielen Ruhm durch seine That; andererseits aber führen jetzt auch
die Vergleichsverhandlungen zu einem gedeihlichen Ende, indem Arngrímr
goði und die übrigen bei dem Mordbrande Betheiligten sich der Acht
unterwerfen, jedoch so, dass þorvaldr gegen Erlage schwerer Geldbussen
nach Ablauf dreier Jahre wider sollte heimkehren dürfen. Damit war
der Rechtshandel zu Ende, welcher der Klagsparthei grosse Ehre ein-
brachte; weiterhin giebt dann aber die Sage noch über die ferneren
Schicksale einiger ihrer Hauptpersonen kurzen Aufschluss. Sie erzählt
nämlich, wie þóroddr, ein zweiter Sohn Túngu-Odds, mit der Jófríðr,
der anderen Tochter Gunnars, Bekanntschaft macht, um sie anhält, und
zunächst eine abschlägige Antwort erhält; wie dann derselbe þóroddr,
als sein Vater sich anschickt, sein angebliches Recht auf das Land im
Örnólfsdal gegen Gunnar geltend zu machen, zunächst den Conflict ab-
zulenken weiss, zuletzt aber, als es zum Kampfe kommen will, seine
Werbung erneuert, und nach erhaltenem Jawort sich sofort seinem
eigenen Vater gegenüber auf Gunnars Seite stellt. Trotz Túngu-Odds
Abneigung gegen die Verbindung kommt die Hochzeit nunmehr zu
Stande; aber schon nach Ablauf eines Jahres fährt þóroddr ausser Lands,
um seinen Bruder þorvald, welcher in Schottland in Gefangenschaft ge-
rathen war, aus dieser zu befreien, und keiner der beiden Brüder sah

je die Heimat wider. Jófríðr heirathete in zweiter Ehe den mächtigen þorstein Egilsson zu Borg; Túngu-Oddr aber starb in hohem Alter, und wurde seinem Wunsche gemäss auf dem Skáneyjarfjall bestattet, um auch nach seinem Tode noch die ganze Landschaft übersehen zu können, die er sein Leben lang beherrscht hatte.

Diess der Inhalt der Sage. Vergleiche ich diesen zunächst mit dem Inhalte anderer Quellen, so fällt vor Allem eine Reihe sehr erheblicher Differenzen auf, welche zwischen der Darstellung unserer Sage und denjenigen Angaben bestehen, welche wir dem verlässigsten aller isländischen Geschichtschreiber, dem alten Ari þorgilsson, verdanken. Im 5. Capitel seiner Íslendíngabók kommt dieser auf dieselben Vorgänge zu sprechen, welche den Hauptgegenstand der Hænsaþóris s. bilden, und zwar veranlasst durch das Gesetz über die Bezirksverfassung der Insel, welches im Zusammenhange mit eben diesen Vorgängen erlassen wurde; er erzählt dieselben aber theilweise in ganz anderer Art als unsere Sage. Auch Ari nennt den þorvald Túngu-Oddsson und den Hænsaþórir als bei dem im Örnólfsdalr begangenen Mordbrande betheiligt; von einer Betheiligung des Arngrímr goði spricht er dagegen mit keinem Worte. Auffälliger noch ist, dass er das Verbrechen nicht an Blundketil, sondern an þorkel Blundketilsson verüben lässt, und dass er in Folge dessen den Herstein nicht zu Blundketils, sondern zu þorkels Sohn macht. Widerum nennt er Hersteins Frau þórunn, nicht þuríð, während doch auch er sie zu einer Tochter Gunnars und der Helga, der Schwester þórðr gellir's, macht, sowie zu einer Schwester jener Jófríð, welche den þorstein Egilsson heirathete. Endlich den Hænsaþórir lässt er am Allðinge verurtheilen und erst hinterher erschlagen, während unsere Sage ihn noch vor der Erledigung der Klagsache seinen Tod finden lässt, und von der Ordnung der Bezirksverfassung der Insel, um deretwillen allein Ari den ganzen Vorgang berührt hatte, nimmt die Sage vollends gar keine Notiz, wenn man von jenem Einschiebsel absieht, welches derselben ursprünglich vollkommen fremd gewesen war. Da ich mich über diese Interpolation bereits bei einer früheren Gelegenheit ausführlich ausgesprochen habe, kann ich mich hier auf die Bemerkung beschränken, dass dieselbe, weil in so gut wie allen unseren Abschriften der Sage enthalten, aller Wahrscheinlichkeit nach bereits in der Vatnshyrna gestanden haben wird, ohne dass sich doch mit Sicherheit bestimmen liesse, ob dieselbe erst von dem Schreiber dieser Hs. in seinen Text eingestellt, oder aber von ihm bereits in seiner älteren Vorlage vorgefunden worden sei; da wir indessen wissen, dass für die þórðar s. hreðu eben jener Vatnshyrna, dann für den þorsteins þ. uxafóts der im Auftrage desselben Mannes geschriebenen Flateyjarbók dieselbe ältere Recension der Íslendíngabók benützt wurde, aus welcher auch jenes Einschiebsel geflossen ist, hat die erstere Anname in der That Manches für sich. Um so entschiedener sind dagegen die oben erwähnten Abweichungen zwischen den Angaben Ari's und unserer Sage ins Auge zu fassen, welche in der That um so auffälliger sind, als im Uebrigen die Darstellung beider ganz gut zu einander stimmt. Da zeigt sich nun sofort, dass auch unsere übrigen Quellen sich sehr bestimmt in zwei Heerlager theilen. Dem Ari folgt ganz und gar die Laxdæla, cap. 7, S. 16, wo es heisst: „þórunn hèt dóttir hans (nämlich Gunnars Hlífarsonar); hana átti Hersteinn son þorkels Blundketilssonar"; es wird also hier zwar des Mordbrandes nicht gedacht, aber Hersteins Vater und Frau ebenso wie bei Ari genannt. Man wird sich daran erinnern dürfen, dass gerade diese Sage Ari's Schriften nachweisbar benützt hat; zweimal wird sein Name in derselben citirt, cap. 4, S. 8, und cap. 78, S. 330—2, und zwar beidemale in Bezug auf Angaben, die nur in der uns verlorenen ersten Recension seiner Íslendíngabók gestanden haben können. Weiterhin muss aber auch diejenige Redaction der Landnáma sich an Ari angeschlossen haben, welche wir als die Melabók zu bezeichnen pflegen. Bekanntlich liegt uns in zwei Papierhss. eine eigenthümliche Bearbeitung dieser Quelle vor, welche, in Jón Sigurðsson's Ausgabe mit E. bezeichnet, theils aus der Hauksbók (C. in jener Ausgabe), theils aus der im engeren Sinne sogenannten Landnáma (B), theils endlich aus einem dritten Texte compilirt ist, von welchem man erst vor nicht allzulanger Zeit ein im 15. Jahrhunderte geschriebenes Membranfragment entdeckt hat (E, c); man bezeichnet seitdem dieses Fragment, oder vielmehr den im Uebrigen verlorenen Codex, zu dem dasselbe gehörte, als die ältere, den Text jener beiden Papierhss. aber als die jüngere Melabók, weil die bezeichnendste Eigenthümlichkeit beider darin besteht, dass den Geschlechtsregistern eines gewissen Markús þórðarson á Melum und der Helga

Ketilsdóttir, der Frau seines Sohnes Snorri, eine ganz besondere Aufmerksamkeit gewidmet wird[1]). Die ältere der beiden Hss. der jüngeren Melabók ist von sèra Þórðr Jónsson geschrieben, welcher in den Jahren 1634—70. Pfarrer im Hitardal war, und da dieselbe des Arngrímr lærði Crymogæa bereits benützt zeigt, welche doch erst im Jahre 1609. erschien, mag deren Text wohl von demselben Manne compilirt worden sein. Das vereinzelte, von der älteren Melabók erhaltene Bruchstück enthält leider keine für meine gegenwärtige Untersuchung zu benützende Stelle; bei der eigenthümlichen Beschaffenheit der jüngeren Melabók aber wird zwar daraus, dass dieselbe etwa in einzelnen Einträgen mit der eigentlichen Landnáma, oder der Hauksbók, oder beiden übereinstimmt, noch keineswegs geschlossen werden dürfen, dass auch die ältere Melabók bereits denselben Weg gegangen sei, wohl aber ist umgekehrt mit aller Bestimmtheit anzunemen, dass für Einträge in derselben, welche weder aus unserer Landnáma noch aus unserer Hauksbók entlehnt sind, eben jene ältere Melabók als Quelle gedient habe. Nun heisst es, Landnáma, II, cap. 2, S. 67—8, ziemlich übereinstimmend in der Hauksbók und in der eigentlichen Landnáma: „Örnólfr hèt maðr, er nam Örnólfsdal ok Kjarradal fyrir norðan upp til Hvítbjarga; Ketill blundr keypti land at Örnólfi, allt fyrir norðan Klif, ok bjó í Örnólfsdal; Örnólfr gerði þá bú upp í Kjarradal, þar er nú heita Örnólfsstaðir. Fyrir ofan Klif heitir Kjarradalr, þvíat þar voru hrískjörr ok smáskógar, milli Kjarrár ok þverár, svá at þar mátti eigi byggja. Blundketill var maðr stórauðigr; hann lèt ryðja víða í skógum ok byggja". Dem gegenüber liest aber die jüngere Melabók, S. 67, Anm. 10, unter Berufung auf die Landnáma, unter welcher doch nach dem Obigen hier wie öfter nur die æltere Melabók verstanden werden kann: „Arnólfr hèt maðr, er nam Norðtúngu alla á milli Kjarár ok þverár, ok bjó í Örnólfsdal; hans son var Blundketill, faðir Þorkels, er Hænsna-Þórir brendi inni. Þaðan af gjörðist deild þeirra Þórðar gellis ok Túngu-Odds. En Hauksbók hefir svo", worauf dann der oben schon mitgetheilte Text mit wenigen, völlig irrelevanten Varianten folgt. Man sieht, die ältere Melabók hatte hier einen mit der Íslendingabók völlig übereinstimmenden Bericht, und sie

---

1) Näheres über diese Recension siehe in meinen Quellenzeugnissen, S. 17—26, u. S. 59—61.

vervollständigt sogar die Angaben dieser letzteren, indem sie uns den Vater Blundketils nennt, welchen Ari anzugeben unterliess; dagegen weichen die beiden anderen Recensionen der Landnáma nicht nur darinn von dieser Version ab, dass sie des Mordbrandes an dieser Stelle überhaupt nicht gedenken, sondern auch insoferne, als sie das Haus Blundketils mit Örnólf in gar keine verwandtschaftliche Beziehung bringen, vielmehr jenes erstere nur durch einen Landkauf in den Besitz des ursprünglich diesem letzteren gehörigen und nach ihm benannten Hofes gelangen lassen. Die Differenz wird aber noch bedeutsamer, wenn wir beachten, dass an einer anderen Stelle, nämlich Landnáma, I, cap. 20, S. 60, die Genealogie der Vorfahren Blundketils in ganz anderer Weise angegeben wird, und zwar in einer Weise, welche mit den Angaben der Hænsaþóris s. sich nahe berührt. Ich werde unten noch auf diesen Punkt des Näheren zurückzukommen haben, und bemerke einstweilen nur, dass die jüngere Melabók zwar an dieser letzteren Stelle mit der eigentlichen Landnáma im Wesentlichen stimmt, während doch einzelne Abweichungen zeigen, dass sie hier schwerlich aus dieser geschöpft haben kann, dass aber die Hauksbók gerade an dieser Stelle eine sehr umfangreiche Lacune hat (vgl. S. 55, Anm. 1), sodass die jüngere Melabók recht wohl ihre Angaben aus dieser geschöpft, und dafür einen abweichenden Eintrag der älteren Melabók weggelassen haben mag; einen Widerspruch dieser letzteren mit ihren eigenen, zuvor angeführten Angaben sind wir demnach in keiner Weise genöthigt anzunemen. Aber wie an dieser Stelle, so tritt auch noch an ein paar anderen Stellen die eigentliche Landnáma und die Hauksbók in Widerspruch mit den Angaben Ari's und auf die Seite unserer Sage. In Landnáma, I, cap. 20, S. 61. wird Þorvaldr Túngu-Oddsson als derjenige bezeichnet, „er réð brennu Blundketils", und in Landnáma, II, cap. 2, S. 68—9. Arngrímr goði als Einer, „er var at Blundketilsbrennu", und wenn zwar die erstere Stelle für die Hauksbók in Folge der bereits erwähnten Lacune sich nicht nachweisen lässt, so ist doch die zweite auch in ihr zu finden; beide Stellen lassen aber an Blundketil, nicht an dessen Sohn Þorkel den Mordbrand begehen, stimmen also zu unserer Sage, im Widerspruche mit der Íslendíngabók. Freilich folgt beidemale auch die jüngere Melabók derselben Spur; aber auch hier mag diese Uebereinstimmung ja recht wohl wider lediglich darauf beruhen dass der im 17. Jahrhundert arbeitende Compilator den Text dieser beiden Recensionen dem der älteren Melabók vorzog, ohne den Widerspruch zu bemerken, in welchen er dadurch mit seinen eigenen anderwärts eingestellten Angaben gerieth. Die erstere Stelle der Landnáma hat sodann wider die Bárðar s. Snæfellsáss, cap. 10, S. 22. ausgeschrieben. Allerdings steht in Guðbrandr Vigfússon's Ausgabe derselben „þorvaldr, er átti Jófríði" statt þóroddr, aber doch wohl nur in Folge eines Schreib- oder Druckfehlers, wie denn auch in Björn Markússon's Ausgabe, S. 172, der richtige Name sich findet; allerdings ist ferner unter Túngu-Odds Töchtern Jófríðr, des þorfinnr Selþórisson Frau, ausgelassen, und dafür Húngerðr, des Svertíngr Hafrbjarnarson Frau, eingestellt, welche nach der Landnáma nicht Túngu-Odds, sondern seines Sohnes þórodds Tochter war, — aber es ergiebt sich nicht nur aus den übereinstimmenden Angaben der Landnáma, II, cap. 5, S. 78, und IV, cap. 12, S. 272, der Hænsaþóris s., cap. 1, S. 122, der Gunnlaugs s. ormstúngu, cap. 2, S. 192, und cap. 11, S. 248, endlich der Bischofsgenealogieen in den Íslendínga sögur, I, S. 360, dass der Bericht der Landnáma nach beiden Seiten hin vollkommen richtig ist, sondern es erklärt sich auch aus dessen Wortfassung leicht, wie sich bei flüchtigem Excerpiren in der Bárðar s., die auch sonst diese Quelle sehr fleissig ausgeschrieben hat, der Fehler bilden konnte. Endlich haben auch die isländischen Annalen zum Jahre 962. den Eintrag „Blundketilsbrenna", und auch sie betrachten somit den Blundketil selbst, nicht dessen Sohn, als das Opfer des Mordbrandes; aber da keine unserer Annalenhss. über den Anfang des 14. Jahrhunderts hinaufreicht, mag es ja recht wohl sein, dass dieser ihr Eintrag durch die Hauksbók, oder durch die eigentliche Landnáma, oder doch durch deren eigene Quellen bestimmt worden sei.

Wie sollen wir uns nun diese Widersprüche in unseren Quellen erklären? Erinnern wir uns, dass die erste Grundlage der Landnáma von Ari hinn fróði selber herrührt, und dass, wenn wir von Kolskeggr, der wesentlich nur das Ostland, und vom Prior Brandr, welcher wesentlich nur die Gegend am Breiðifjörðr behandelte, hier absehen wollen, dann eine Ueberarbeitung durch den Augustinerprior Styrmir Kárason († 1245) einerseits und durch den Lögmann Sturla þórðarson († 1284) anderer-

seits folgte, aus welchen beiden Ueberarbeitungen dann erst die Hauksbók
compilirt wurde, und erwägen wir überdiess, dass die ältere Melabók
auf ein Original zurückzuführen ist, welches aller Wahrscheinlichkeit
nach von dem Lögmanne Snorri Markússon († 1213) verfasst wurde,
und welches nachweisbar mehrfach Einträge aufbewahrt hatte, welche
aus Ari's ursprünglichem Werke genommen, von den beiden anderen
uns erhaltenen Recensionen der Landnáma aber ausgeschlossen worden
waren, so ist die Vermuthung doch wohl nicht allzu gewagt, dass jener
mit unserer Íslendíngabók übereinstimmende und sie in einem Neben-
punkte sogar ergänzende Eintrag der Melabók auf den Verfasser jener
ersteren, also auf die ältere Recension der Íslendíngabók Ari's zurückzuführen sei, während in den zwei anderen Recensionen der Landnáma
spätere Aenderungen jenes ursprünglichen Textes zu suchen seien. In
der That zeigt sich denn auch wenigstens an einer vereinzelten Stelle
dieser letzteren noch eine Spur jener älteren Textesgestaltung, wie sie
bei Ari zu finden gewesen sein muss. In Landnáma, II, cap. 19. S. 116.
liest sowohl die eigentliche Landnáma als auch die jüngere Melabók:
„Þórunn var önnur dóttir Gunnars, er Hersteinn Blundketilsson átti";
die Hauksbók, welche hier wider eine Lücke hat, wird kaum anders
gelesen haben, da sie nach S. 119, Anm. 8. zu schliessen den Compi-
latoren der jüngeren Melabók und anderer harmonischer Hss. noch
vollständig zu Gebote gestanden zu sein scheint. Der Name Þórunn ist
also für Gunnars Tochter hier stehen geblieben, wie man ihn bei Ari
gefunden hatte, während die Hænsaþóris s. dafür den Namen Þuríðr
giebt; dagegen ist dieser letzteren folgend Hersteinn zum Sohne Blundketils statt zum Sohne Þorkels gemacht, während doch die oben angeführte Stelle der Laxdœla, welche dieselbe Angabe Ari's ausgeschrieben
hat, noch vollkommen richtig „Hersteinn, son Þorkels Blundketilssonar"
gefunden und abgeschrieben zeigt. Absichtlich oder aus Versehen hat
sich demnach hier der Ueberarbeiter Ari's damit begnügt, den einen
Theil seiner Angaben auf Grund anderweitiger Quellen zu corrigiren,
während er den anderen unberührt liess. Da die Landnáma, so wie sie
uns vorliegt, ganz unzweifelhaft eine Reihe von Specialsagen benützt
zeigt, deren doch noch keine zu Ari's Zeiten aufgezeichnet gewesen sein
konnte, so liegt auch die weitere Vermuthung nahe genug, dass gerade

unsere Hænsaþóris s. es gewesen sein möge, aus welcher jene Umgestaltungen des ursprünglichen Textes der Landnáma geflossen seien; für die Richtigkeit dieser Vermuthung lässt sich aber noch ein weiterer, an und für sich freilich sehr geringfügiger Umstand geltend machen. Die sämmtlichen Hss. unserer Hænsaþóris s., cap. 12, S. 167, lassen die Ladung der Mordbrenner, ehe die Sache an das Allding gebracht wird, auf das þórsnessþíng lauten, während doch deren eigene, sehr detaillirte Localangaben zeigen, dass nicht dieses, sondern nur das þíngnessþíng gemeint sein konnte, welches die Íslendíngabók denn auch richtig nennt, und zwar unter ausdrücklicher Anführung einer älteren Rechtsvorschrift, welche die Competenz dieses Gerichtes für diese Angelegenheit mit Ausschluss jedes anderen begründete. Nun hat aber die eigentliche Landnáma an einer Stelle, welche mit cap. 13, S. 169. unserer Sage und cap. 5, S. 8. der Íslendíngabók übereinstimmend den þórólf ref als im Kampfe an jenem Dinge gefallen erwähnt, nämlich in Landnáma, II, cap. 18, S. 115, dieselbe verkehrte Lesart „á þórsnesþíngi". Freilich ist die Hauksbók hier defect, und wenn die jüngere Melabók sowohl als mehrere andere harmonische Texte richtig das þíngnessþíng nennen, bleibt somit allerdings die Möglichkeit, dass sie dabei aus jener, zu ihrer Zeit noch weniger verstümmelten Hs. schöpften; aber möge diess nun der Fall gewesen sein oder nicht, immerhin bleibt die für meine Beweisführung wichtige Thatsache unerschüttert, dass wenigstens die eigentliche Landnáma mit der Hænsaþóris s. in einer Angabe übereinstimmt, welche nicht nur an und für sich falsch ist, sondern auch in dieser letzteren Quelle ganz unzweifelhaft nur auf einem Schreibfehler in der unseren sämmtlichen Papierhss. gemeinsam zu Grunde liegenden Urhandschrift beruht. Die sehr auffälligen Anklänge an die Íslendíngabók, welche die betreffende Stelle der Landnáma zeigt, lässt dabei erkennen, dass dieselbe im Ganzen bereits in Ari's erster Recension gestanden haben muss, und dass somit der Ueberarbeiter, welchem wir die eigentliche Landnáma verdanken, sich darauf beschränkt haben muss, auf Grund unserer Sage den Namen des þórsnessþínges in dieselbe einzuschalten, während ursprünglich der Name der Dingstätte an der betreffenden Stelle ungenannt geblieben sein mochte.

Für die Erklärung der auffallenden Widersprüche, welche zwischen der eigentlichen Landnáma und der Hauksbók sammt den ihnen folgenden Quellen einerseits und den Angaben Ari's und der an ihn sich anschliessenden Quellen andererseits bestehen, ist damit der Weg gewiesen, und zugleich für die Entstehungsgeschichte unserer Hænsaþóris s. soviel gewonnen, dass dieselbe, weil bei der Herstellung unserer eigentlichen Landnáma benützt, die wir doch auf Styrmir oder Sturla zurückzuführen haben, jedenfalls um die Mitte, oder doch vor dem Ende des 13. Jahrhunderts bereits aufgezeichnet gewesen sein musste. Aber alle Schwierigkeiten sind damit noch keineswegs geebnet, und zwar ist es zunächst wider die Vergleichung mit weiteren Angaben anderer Quellen, welche mancherlei Zweifel anregt. — Unsere Sage beginnt mit dem Geschlechtsregister Túngu-Odds; aber bezüglich eines seiner Vorfahren steht sie im Widerspruche mit anderen Quellen, indem sie sagt: „Oddr hèt maðr, Önundar son breiðskeggs, Úlfarssonar, Úlfssonar á Fitjum, Skeggjasonar, þórissonar hlammanda", während es in der Landnáma, I, cap. 20, S. 60 heisst: „Önundr breiðskeggr var son Úlfars, Úlfssonar Fitjumskeggja, þórissonar hlammanda", und in der Bárðar s. Snæfellsáss, cap. 10, S. 19: „Önundr hèt maðr ok kallaðr breiðskeggr, hann var Úlfarsson, Úlfssonar af Fitjum, þórissonar hlammanda". In diesem Falle erklärt sich die Abweichung allerdings leicht; sie beruht augenscheinlich auf falscher Lesung oder willkürlicher Emendirung eines älteren Originales sei es nun durch den Schreiber unseres Textes der Hænsaþóris s. oder durch den Compilator unserer Landnáma, aus welcher letzteren widor die Bárðar s. geschöpft hat. Berücksichtigt man nun, dass die jüngere Melabók, S. 60, Anm. 6, die Ascendenz Önunds ganz anders angiebt, und zwar unter Berufung auf eine „Landnáma", die doch weder unsere eigentliche Landnáma sein kann noch auch die, jetzt hier defecte, Hauksbók, da sie aus dieser unmittelbar folgend jenen anderen, mit unserer Landnáma wesentlich conformen Text bringt, so wird man wohl vermuthen dürfen, dass auch hier wider die ältere Melabók den ursprünglichen Text Ari's bewahrt haben werde, welchen die beiden anderen Recensionen auf Grund unserer Sage emendirten. — Widerum erzählt zwar unsere Sage mit der Landnáma, II, cap. 2, S. 68—9. übereinstimmend, dass der Häuptling Arngrímr ein Sohn des Helgi, eines Sohnes des Högni gewesen sei, der mit Hrómundr þórisson eingewandert sei;

aber nach der Landnáma hätte bereits Helgi Högnason zu Helgavatn
gewohnt, und somit doch wohl auch dem See seinen Namen gegeben,
während unsere Sage den Hænsaþórir den Hof kaufen lässt, „er at Vatni
heitir", und wissen will, dass dieser erst hinterher von dem Pflegesohne
þóris, dem jungen Helgi Arngrímsson, den Namen Helgavatn erhalten
habe. Verschiedene Localsagen mochten über den Ursprung des See-
namens umgelaufen sein; da aber die Landnáma gerade an dieser Stelle
sich aus unserer Sage interpolirt zeigt, könnte man allenfalls annehmen,
dass ihre von der Hænsaþóris s. abweichende Angabe bereits in Ari's
Text enthalten gewesen sei. Die jüngere Melabók nennt hier statt Arngríms Namen den Namen Ásgrímr; vielleicht ist diess nur ein Schreibfehler, vielleicht aber auch aus der älteren Melabók und indirect aus
der älteren Íslendíngabók entnommen, und wäre letzterenfalls anzunehmen,
dass erst unsere Sage die späteren Ueberarbeiter der Landnáma verführt
hätte, mittelst einer leichten Namensänderung für die Einschaltung der
aus dieser geschöpften Angaben Raum zu schaffen. — Einige weitere
Schwierigkeiten beziehen sich auf die Person des Torfi Valbrandsson.
In cap. 1, S. 122. unserer Sage heisst es von ihm: „Torfi hèt maðr,
ok var Valbrandsson, Valþjófssonar, Örlygssonar frá Esjubergi; hann
átti þurìði Túngu-Oddsdóttur; þau bjuggu á öðrum Breiðabólstað". Dass
des Mannes Urgrossvater in einigen Abschriften der Sage statt Örlygr
Andríðr heisst, was offenbar nur einer ungeschickten Reminiscenz aus
der Kjalnesínga s. zu verdanken ist, und durch die in Mitte liegenden
Namensformen anderer Hss.: Aurligr, Auðstygr oder Auðstígr, endlich
Auðstygr sich leicht erklärt, hat freilich Nichts auf sich; aber schon
bedenklicher ist, dass die Landnáma, I, cap. 20, S. 60—61, und ihr
folgend die Bárðar s. Snæfellsáss, cap. 10, S. 19, statt der þuríðr Túngu-
Oddsdóttir dem Manne Túngu-Odds Schwester þórodda zur Frau gibt,
wogegen nach diesen beiden Quellen Svarthöfði die þuríð Túngu-Odds-
dóttir zur Ehe hatte, was auch durch Landnáma, I. cap. 19, S. 59, und
II, cap. 6, S. 79. bestätigt wird. Die Gunnlaugs s. ormstúngu, cap. 11,
S. 248. macht hinwiderum Túngu-Odds Schwester þórodda zur Mutter
statt zur Frau des Torfi; es liegt nahe, an dieser letzteren Stelle die
Uebereinstimmung mit der Landnáma durch eine Conjectur herzustellen,
während sich die Abweichung unserer Sage von dieser nicht in der

gleichen Weise beseitigen lässt, und bleibt wohl kaum etwas Anderes übrig als die Anname einer Ungenauigkeit, die doch wohl nur auf Seite unserer Sage zu suchen sein möchte. Weiterhin wissen wir aus der angeführten Stelle der Landnáma, dass auf dem noch jetzt bestehenden Hofe zu Breiðabólstaðr bereits Önundr, Túngu-Odds Vater, gewohnt hatte, und dass die Hälfte dieses Hofes dann dem Torfi als Mitgift seiner Frau zufiel; die Hauksbók und die jüngere Melabók wollen an einer anderen Stelle, nämlich I, cap. 13, S. 46, Anm. 9, sogar wissen, dass Torfi und sein Vater mit Túngu-Odd in Compagnie getreten, und so neben ihm auf den Hof zu wohnen gekommen seien. Unsere Sage scheint den Sachverhalt etwas anders darzustellen, indem sie von einem doppelten Hofe gleichen Namens spricht, deren einen Torfi und deren anderen Túngu-Oddr bewohnt habe; indessen zeigen die Worte der Bárður s., ang. O.: „henni fylgði heiman hálfr Breiðabólstaðr, ok voru gjörfir ór 2. bæjir", dass die Angabe unserer Sage in diesem Falle richtig ist, wie denn in der That bis in die neueste Zeit herab zwei Höfe jenes Namens unterschieden wurden, deren einer, Litli Breiðabólstaðr, freilich mit der Zeit zu einer blosen Kote herabsank, obwohl er ursprünglich der Haupthof gewesen war, und schliesslich völlig eingieng[1]). Im höchsten Grade auffällig bleibt aber, dass Torfi überhaupt hier genannt wird, während er doch hinterher im ganzen Verlaufe der Sage nur noch ein einziges Mal, und da nur ganz beiläufig und ohne alle innere Nothwendigkeit genannt wird (nämlich in cap. 17, S. 182). Es ist sonst in den Sagen nicht der Brauch, in ihrem Eingange Leute aufzuführen, die dann hinterher in ihrem weiteren Verlaufe keine Rolle zu spielen berufen sind, und fast noch wunderlicher ist, dass ein Mann aus einem so angesehenen Hause wie Torfi, der Besitzer eines Godordes[2]) und ein höchst streitbarer Held, wie er diess im Kampfe mit den Räubern des Surtshellir, mit den Kroppsmenn und mit den Hólmverjar bewährte[3]),

---

1) vgl. Jón Johnsen, Jarðatal á Íslandi, S. 115, Anm 1.
2) Hólmverja s., cap. 2, S. 5—6, und cap. 20, S. 63.
3) vgl. Landnáma, I, cap. 20, S. 61; Bárðar s. Snæfellsáss, cap. 10, S. 19; Hólmverja s., cap. 38—85, S. 97—105; dann vgl. noch wegen der Hellismenn Landnáma, II, cap. 1, S. 66—7, und Hólmverja s., cap. 82, S. 96.

mochte er im Uebrigen der Schwager oder der Schwiegersohn Túngu-Odds gewesen sein, in den Verwicklungen, über welche unsere Sage berichtet, so gar keine hervorragende Rolle gespielt haben sollte. Man möchte vermuthen, dass entweder in der Sage Etwas fehle, oder dass umgekehrt die auf Torfi bezüglichen Notizen in deren Eingang erst hinterher aus der Landnáma entlehnt und in dieselbe eingeschaltet worden seien. Das letztere Verfahren ist bekanntlich in der isländischen Sagenlitteratur ein ganz gebräuchliches, und da die einzige Notiz, die der Landnáma, wie sie uns vorliegt, fremd ist, nämlich die Nachricht über die Zerlegung des Hofes zu Breiðabólstaðr in zwei Höfe, in die Búrðar s., wie deren Zusammenhang zeigt, doch auch nur aus irgend einer uns verlorenen Recension dieser Quelle gekommen sein kann, möchte sich die letztere Annahme allenfalls als die wahrscheinlichere empfehlen. — Einer besonderen Prüfung bedürfen endlich noch die Angaben über Blundketils Vorfahren. Unsere Sage fasst sich in Bezug auf diese ganz ungewöhnlich kurz. „Blundketill hèt maðr, son Geirs hins auðga ór Geirshlíð, Ketilssonar blunds, er Blundsvatn er við kennt; hann bjó í Örnólfsdal; þat var nökkuru ofar en nú stendr bærinn; var þar mart bœja upp í frá", — das ist Alles, was wir in dieser Richtung zu hören bekommen. Ungleich mehr weiss die Eigla, cap. 39, S. 76, zu erzählen. Nach ihr war Ketill blundr ein norwegischer Mann, der mit seinem bereits erwachsenen Sohne Geirr zu Anfang des 10. Jahrhunderts nach Island kam, um sich hier niderzulassen; Guðbrandr Vigfússon hat, im Safn til sögu Íslands, I, S. 322, für dessen Ankunft das Jahr 912. berechnet. Den ersten Winter über behielt der alte Skallagrímr Beide zu Gast, und damals heirathete Geirr dessen Tochter þórunn; im folgenden Jahre aber gab Skallagrímr Beiden Land zwischen der unteren Flókadalsá und Reykjadalsá, sammt einem guten Theile des Flókadalr, und hier wohnten Beide fortan. Geirr, der auch hier den Namen „hinn auðgi" führt, wohnte zu Geirshlíð, welcher heutzutage noch bestehende Hof offenbar nach ihm benannt ist; seine Söhne waren Blundketill und þorgeirr blundr, dann þóroddr Hrísa-blundr, welcher zuerst „í Hrísum" wohnte. Bemerkenswerth ist dabei, dass die Sage später, cap. 87, S. 221, den þorgeir blund „fyrir sunnan Hvítá fyrir neðan Blundsvatn" gesessen weiss, bis ihm sein Mutterbruder Egill Skallagrímsson, oder vielmehr auf dessen Zureden dessen Sohn þorsteinn, den bei Borg gelegenen Hof zu Anabrekka einraümt, den er aber durch ungeeignetes Benemen gegen þorstein bald wider verwirkt, worauf er in den Flókadal zurückzukehren sich genöthigt sieht, cap. 88, S. 224—5. Durch ein paar Strophen, welche der alte Egill bei dieser Gelegenheit spricht, ist für þorgeir der Beiname blundr, und die Eigenschaft eines Sohnes Geirs bezeugt; ob aber das Blundsvatn von Ketill blundr, oder erst von dessen Enkel þorgeir seinen Namen hatte, darüber spricht sich die Eigla nicht aus, wiewohl sie das Letztere näher zu legen scheinen möchte. Vielfach wörtlich dieselben Angaben bringt sodann die Landnáma, I, cap. 20, S. 60, jedoch mit einigen nicht unerheblichen Abweichungen; einmal nämlich führt sie ausdrücklich den Namen Blundsvatn auf Ketil blund zurück, sodann aber giebt sie die Nachkommenschaft Geirs etwas anders an als die Eigla: Blundketil zwar und þorgeirr blundr werden auch hier als dessen Söhne genannt, aber neben ihnen tritt als dritter Bruder Svartkell á Eyri ein, sowie als Tochter Bergdis, die Frau des Gnúpr Flókason í Hrísum, und zwar diese mit dem Beisatze „þeirrar ættar var þóroddr hrísablundr". Man sieht deutlich, dass die Landnáma hier die Eigla ausgeschrieben hat; man sieht aber auch, dass neben dieser noch eine andere Quelle von ihr benützt wurde, welche ihre selbstständigen, und z. Th. sogar von denen der Eigla abweichenden Angaben hatte, und man wird kaum fehlgehen, wenn man in dieser anderen Quelle den ursprünglichen Text Ari's sucht, welcher nur hier in den späteren Recensionen der Landnáma aus der Eigla interpolirt und emendirt wurde wie sonst aus der Hænsaþóris saga. Eine an und für sich freilich sehr unbedeutende Notiz der jüngeren Melabók über Geirs Landname, welche unserem Texte der eigentlichen Landnáma ebenso wie der Eigla fremd ist, könnte als ein weiterer Ueberrest jener ältesten Fassung gedeutet werden. Weit erheblicher als das bisher Bemerkte ist aber der andere Umstand, dass die Hænsaþóris s. von keinen Geschwistern Blundketils weiss, von denen doch die Eigla sowohl als die Landnáma Kenntniss hat, und die letztere noch überdiess aus einer der Eigla gegenüber selbstständigen Quelle. Ein zufälliges kann das Schweigen unserer Sage in diesem Falle nicht sein, vielmehr muss dasselbe ganz entschieden darauf zurückgeführt werden, dass deren Verfasser an das

Nichtvorhandensein näherer Seitenverwandter des Mannes glaubte; als es sich um die Verfolgung des Mordbrandes handelte, der an diesem begangen worden war, lässt die Sage nämlich dessen Sohn Herstein lediglich auf fremde Hülfe angewiesen sein, während doch, wenn ihm Brüder und Neffen im nahen Flókadalr lebten, diese unmöglich bei der Durchführung der Blutklage unbetheiligt bleiben konnten. Nicht minder auffällig ist ferner, dass unsere Sage zwar die Ortsnamen Geirshlíð und Blundsvatn ebensogut nennt wie die Eigla oder die Landnáma, und sogar ganz wie diese letztere erzählt, dass Ketill blundr dem See seinen Namen gegeben habe, dass sie aber in keiner Weise erklärt, wie Blundketill in den Örnólfsdal zu wohnen gekommen sei, der durch die Hvítá vom Flókadal getrennt ist, welchem jene beiden Oertlichkeiten angehören, und in welchem auch die übrige Nachkommenschaft Ketil blunds nach jenen anderen beiden Quellen wohnhaft blieb. Die Landnáma hilft hier aus, soferne sie an einer oben schon mitgetheilten Stelle, nämlich II, cap. 2, S. 67—8, erzählt, wie zunächst Örnólfr den Örnólfsdal und Kjarradal in Besitz genommen habe, und wie dann Ketill blundr von ihm einen Theil seines Landes kaufte, worauf Jener weiter oben im Kjarradal, zu Örnólfsstaðir, sich angesiedelt, Ketill aber den Hof im Örnólfsdal übernommen habe. Aber augenscheinlich ist diese ganze Erzählung in die Landnáma erst auf Grund unserer Sage hineingekommen. Sichtlich lag ihren Ueberarbeitern ein Text vor, welcher dem der älteren Melabók sehr ähnlich war, ohne doch völlig mit demselben zusammenzufallen, und diese ihre Vorlage haben dieselben sodann nur sehr flüchtig interpolirt, wobei sie sich sogar einer sehr auffälligen Verwechslung Ketil blunds mit seinem Enkel Blundketil schuldig machten [1]). Man wird demnach wohl annehmen dürfen, dass dieser Landkauf Ketil blunds

---

[1]) Ich schreibe die Stelle hier nochmals aus, indem ich diejenigen Stellen cursiv gebe, welche mir interpolirt scheinen: „Örnólfr bót maðr, er nam Örnólfsdal ok Kjarradal fyrir norðan upp til Hvítbjarga; *Ketill blundr keypti land at Örnólfi allt fyrir norðan Klif, ok bjó i Örnólfsdal; Örnólfr gerði bú upp í Kjarradal, þar er nú heita Örnólfsstaðir.* Fyrir ofan Klif heitir Kjarradalr, þríat þar voru hriskjörr ok smáskógar, milli Kjarrár ok þverár, svá at þar mátti eigi byggja. Blundketill var maðr stórauðigr; hann lét ryðja viða í skógum ok byggja". An der Stelle der zweiten Interpolation müssen die in der Melabók erhaltenen Worte: „hans son var Blundketill", u. s. w., ursprünglich gestanden haben.

von den Bearbeitern der Landnáma nur erfunden worden sei, um die aus der Eigla und wider aus Ari's Text geschöpften Angaben über diesen mit denen der Hænsaþóris s. über Blundketil in Verbindung bringen zu können; da nämlich der Name Örnólfsdalr offenbar einen ersten Ansiedler des Namens Örnólfr voraussetzt, und überdiess unsere Sage selbst in ihrem weiteren Verlaufe einen Bauern dieses Namens nennt, lag jene Erfindung nahe genug, um nicht grossen Aufwand an Scharfsinn beanspruchen zu müssen. Aber noch eine weitere und sehr erhebliche Schwierigkeit erhebt sich. Nach der Eigla und Landnáma hatte Geirr hinn auðgi eine Tochter des alten Skallagrímr zur Frau, und Blundketill war demnach ein Neffe des streitbaren Dichters Egill Skallagrímsson, der nach seines Vaters Tod († um 934) das Godord desselben übernommen hatte, und dieses bis in sein hohes Alter hinein führte, um es erst in weit späterer Zeit (um 980. etwa) seinem Sohne Þorstein zu übergeben. Wie soll man es sich nun erklären, dass dieses stets kampfbereite Haupt der mächtigen Familie der Mýramenn bei allen den Zerwürfnissen, welche sich an den Tod Blundketils knüpften, nicht ein einziges Mal von unserer Sage genannt wird? Ist es denkbar, dass er sich um die Verfolgung des Mordbrandes, der an seinem Schwestersohne begangen worden war, gar nicht bekümmerte, vielmehr die Unterstützung des Sohnes des Getödteten lediglich Haüptlingen überliess, die diesem völlig unverwandt, und wie Þorkell trefill kaum näher, oder gar wie Þórðr gellir oder Gunnarr Hlífarson ungleich entfernter gesessen waren als er selber[1])? Ich finde aus allen diesen Schwierigkeiten nur einen einzigen Ausweg; er besteht in der Annahme, dass der Blundketill, welcher im Örnólfsdale wohnte, eine ganz andere Person war als jener im Flókadale wohnhafte Mann gleichen Namens, und dass beide lediglich aus Misverstand in unserer Sage wie in der durch diese beeinflussten Landnáma zusammengeworfen wurden. Dass der alte Ari beide Männer noch wohl unterschieden, und ganz von einander getrennt gehalten hatte, ist kaum

---

[1]) Auf diese Schwierigkeit hat bereits Guðbrandr Vigfússon, im Safn til sögu Íslands, I, S. 323, richtig hingewiesen, sowie auch auf die Schwierigkeit, welche Blundketils Alter macht, wenn derselbe ein Enkel des Skallagrímr sein sollte; auf die Lösung des Räthsels ist er aber nicht verfallen.

zu bezweifeln. Auf der einen Seite war bei ihm von Ketill blundr die
Rede gewesen, von welchem das Blundsvatn seinen Namen hat, von
dessen Sohn Geirr und von dessen Enkel Blundketill, Alles wesentlich
in derselben Weise wie in der Eigla, nur mit den in der Landnáma
uns noch erhaltenen Abweichungen in Bezug auf des letzteren Geschwister,
und jedenfalls ohne dass dabei eines späteren Umzuges in den Örnólfsdal
oder des Mordbrandes gedacht worden wäre, wozu doch Ari wie die
Eigla die dringendste Veranlassung gehabt hätten, wenn dieser Blundketill dahin übergesiedelt, und wenn er oder sein Sohn dort verbrannt
worden wäre. Auf der anderen Seite aber muss bei Ari des Arnólfr
oder Örnólfr bereits wesentlich in derselben Weise gedacht gewesen
sein wie in der Melabók, und nicht minder seines Sohnes Blundketill
sowie seines Enkels Þorkell, wobei, widerum wie in der Melabók, auch
des an dem letzteren verübten Mordbrandes Erwähnung geschehen sein
musste; nur scheint die letztere Notiz in der älteren Íslendíngabók etwas
weitläufiger gehalten gewesen zu sein, als diess unsere, überhaupt gerne
kürzende, jüngere Melabók zu erkennen giebt, und mag die genauere
Begrenzung von Örnólfs Niderlassung, die Bemerkung über den Wald-
reichthum seines Landes, endlich die andere über Blundketils Anrodungen
bereits in ihr enthalten gewesen sein, wie in der Hauksbók und der
eigentlichen Landnáma, da beide insoweit aus der Hænsaþóris s. wohl
nicht geschöpft haben können. Das Widerkehren desselben Namens für
zwei verschiedene Personen aus zwei verschiedenen Geschlechtern darf
dabei nicht auffallen; es mochte ja Verschwägerung unter beiden Haüsern
bestehen, und diese den Namen übertragen haben, wie ja auch der Beiname des Grossvaters Ketill blundr auf dessen Enkel Blundketill und
Þorgeirr blundr, und weiterhin auch noch auf Þóroddr Hrísablundr über-
gieng, — oder es mochte der Beiname vielleicht auch ursprünglich
sagenhafter Bedeutung gewesen sein, und erst hinterher an Personen
aus bestimmten geschichtlichen Haüsern sich geknüpft haben. Die Eigla,
cap. 1, S. 2, erzählt von dem alten Kveldúlfr, Skallagríms Vater, dass
er „kveldsvæfr" war, d. h. Abends bei Zeiten einzuschlafen pflegte, und
dass ihm diess seinen Namen, „Abendwolf", eintrug. Sie bringt dabei
nicht undeutlich diese seine Gewohnheit mit seiner Abstammung von
Riesen und Unholden einerseits, und mit seiner eigenen gespenstigen

Natur und Stärke andererseits in Verbindung, und es mag ja wohl sein,
dass ursprünglich der Gedanke an einen Werwolf im Spiele war, dessen
Seele bei Nacht in thierischem Leibe umschweifen sollte, während der
Leib in todänlichem Schlafe zu Hause lag. Blundr aber bezeichnet auch
nur einen kurzen Schlaf, sodass die mit diesem Worte gebildeten Spitznamen
recht wohl in gleicher Weise gedeutet werden können, und um
so eher ganz verschiedenen Personen beigelegt werden mochten, als ja
überhaupt eine gewisse, leicht erklärliche, Neigung sich nachweisen lässt,
einmal aufgekommene Beinamen auf andere Träger zu vererben. Aus
der völligen Geschiedenheit der beiden Blundketils erklärt sich aber,
warum unsere Sage den Hersteinn lediglich auf fremde Hülfe verwiesen
zeigt, als es gilt den Tod seines Vaters zu rächen; weder Þorgeirr blundr,
Svartkell á Eyri und Þóroddr Hrísablundr, noch das mächtige Haúptlingsgeschlecht
der Mýramenn hatten mit diesem Blundketil irgend
Etwas zu schaffen. Ja es liesse sich sogar von hier aus das Fehlen
jeder Nachricht darüber in unserer Sage erklären, wie Blundketill aus
dem Flókadalr nach dem Örnólfsdal gekommen sei, wenn wir nur annehmen
dürften, dass die Anknüpfung des Mannes an Geir und Ketil
blund in ihr nicht wurzelhaft sei. Wodurch die spätere Verschmelzung
der beiden gleichnamigen Persönlichkeiten veranlasst, und wann dieselbe
vorgenommen wurde, lässt sich kaum mit voller Sicherheit bestimmen;
eine Vermuthung aber lässt sich auch in dieser Richtung
immerhin wagen. Für wahrscheinlich möchte ich nämlich halten, dass
der Hænsnaþóris s. diese Verschmelzung ursprünglich noch fremd war,
indem sich nur unter dieser Voraussetzung die Kürze erklärt, mit welcher
deren uns vorliegender Text über Blundketils Vorfahren hinweggeht,
und selbst über den Erwerb des Hofes im Örnólfsdalr jede Angabe
unterlässt, sowie auch nur unter dieser Voraussetzung sich begreift, dass
dieselbe von keinerlei näheren Seitenverwandten des Mannes Kenntniss
hat; ich neme also an, dass dieselbe ursprünglich nur las: „Blundketill
hèt maðr; hann bjó í Örnólfsdal", wogegen die zwischen beiden Sätzen
stehenden Worte „son Geirs hins auðga or Geirshlíð, Ketils sonar blunds,
er Blundsvatn er við kennt", welche allein das Zusammenwerfen beider
gleichnamiger Männer bedingen, erst als eine spätere Interpolation aufzufassen
wären. Einer der späteren Ueberarbeiter der Landnáma, welcher

es unternam, aus der Hænsaþóris s. die einschlägigen Einträge in die Landnáma zu machen, und dadurch deren Text, wie er glaubte, zugleich zu bereichern und zu berichtigen, dürfte dann auch jene Vermischung des von den beiden Blundketils Berichteten verschuldet haben, denn, wenn zwar dieses Zusammenwerfen der beiden den gleichen Namen tragenden Männer mit dem Wechsel in der Person Desjenigen, der dem Mordbrande erlag, und den übrigen zwischen unserer Sage und der Islendíngabók bestehenden Abweichungen in keinerlei wesentlichem Zusammenhange steht, so ist doch immerhin wahrscheinlich, dass beiderlei Aenderungen des überkommenen Textes der Landnáma von derselben Hand herrühren werden, und einem Bearbeiter, der kritiklos genug war, um die unter sich vollkommen übereinstimmenden Berichte des ältesten und verlässigsten aller isländischen Geschichtschreiber zu Gunsten der breiteren, aber weit weniger sorgfältig erwogenen Erzählungen einer Sage von unbekannter Herkunft zu verwerfen, ist recht wohl auch jene weitere Kette von Veränderungen zuzutrauen, welche lediglich auf Grund einer blosen Namensübereinstimmung eine Combination der fremdartigsten Dinge sich erlaubten. Gerade diese vollendete Kritiklosigkeit, welche wir nach Allem was wir von dem Manne wissen, weit eher dem Styrmir Kárason, als dem Sturla Þórðarson zutrauen dürfen, dann auch der weitere Umstand, dass jener Erstere jedenfalls einen guten Theil seines Lebens im Borgarfjörðr zubrachte, und nicht ohne gewichtige Gründe sogar mit der hier heimischen Familie der Gilsbekkíngar in genealogische Verbindung gebracht worden ist[1]), macht mich glauben, dass gerade er es war, auf welchen wir beiderlei Veränderungen zurückzuführen haben. Ihm wird demnach auch die Erfindung jenes Landkaufes zu verdanken sein, durch welchen unsere Landnáma den von ihr angenommenen Uebergang Ketil blunds (oder Blundketils?) aus dem Flókadalr in den Örnólfsdal zu motiviren sucht.

Hat durch das Bisherige die oben schon ausgesprochene Ueberzeugung, dass unsere Sage bereits vor der Mitte des 13. Jahrhunderts entstanden

---

1) Siehe die von Sveinbjörn Egilsson entworfene dritte genealogische Tafel in Bd. X der Scripta historica Islandorum, und S. XII—III. seiner Vorbemerkungen; ferner Jón Sigurðsson, im Safn til sögu Islands, II, S. 27—8.

sei, an weiterer Wahrscheinlichkeit gewonnen, so ist damit doch selbstverständlich die Prüfung der ganz anderen Frage keineswegs überflüssig gemacht, ob denn diese Sage so wie sie uns vorliegt auch unverändert jenes damals vorhandene Original sei, oder ob dieselbe nicht vielleicht in ungleich späterer Zeit noch Umgestaltungen erlitten habe, und uns nur in dieser ihrer veränderten und jüngeren Gestalt erhalten sei. Für die letztere Alternative dürften schon von Vornherein gewichtige Erwägungen sprechen. Dass die handschriftliche Gewähr für die Sage nicht über den äussersten Schluss des 14. Jahrhunderts hinaufreiche, ist oben bereits bemerkt worden; bei der bekannten Willkür, mit welcher zumal im 14. Jahrhunderte bei der Widergabe älterer Quellen verfahren wurde, und für welche die Vatnshyrna selbst, sowie die mit ihr in so engen Beziehungen stehende Flateyjarbók die schlagendsten Belege bieten, dürfte hiernach eine unveränderte Abschrift einer um nahezu zwei Jahrhunderte älteren Quelle aus jener Zeit kaum zu erwarten sein. Auch lässt sich der weitere Umstand in gleicher Richtung geltend machen, dass das oben besprochene der älteren Íslendíngabók entlehnte Einschiebsel über die Ordnung der Bezirksverfassung auf Island in der unseren sämmtlichen Papierabschriften gemeinsam zu Grunde liegenden Membrane (doch wohl der Vatnshyrna) bereits vorhanden war; war aber diese in dieser einen Hinsicht nachweisbar interpolirt, so wird es ihr doch wohl auch an weiteren Veränderungen des ihr zu Grunde liegenden Originales nicht gefehlt haben. Aber auch eine Reihe von inneren Gründen dürfte, und zwar ungleich gewichtiger noch, für die gleiche Annahme sprechen. Es wurde bereits erwähnt, wie auffallend es sei, dass der mächtige Torfi Valbrandsson zwar am Eingange unserer Sage als ein naher Angehöriger Túngu-Odds eingeführt, später aber in ihr so gut wie gar nicht mehr erwähnt wird; eine ältere Redaction der Sage wird wohl dem Manne eine ungleich bedeutsamere Rolle zugetheilt, oder noch wahrscheinlicher seiner gar keine Erwähnung gethan haben. Ebenso ist schon bemerkt worden, dass die Hænsaþóris s. zwar ihren Blundketil als einen Sohn des Geirr hinn auðgi und Enkel des Ketill blundr bezeichnet, und dabei auch der Ortsnamen Geirshlíð und Blundsvatn gedenkt, aber dabei weder über diese seine Vorfahren die sonst üblichen Mittheilungen macht, noch von irgend welchen Geschwistern desselben weiss, noch endlich irgendwie motivirt, wie derselbe aus dem Flókadalr, in dem sein Vater und Grossvater gewohnt hatten, in den Örnólfsdal herüber gekommen sei. Es begreift sich, dass ein späterer Ueberarbeiter der Sage, der in der Landnáma Styrmir's die geschichtswidrige Verschmelzung der beiden Blundketile bereits vollzogen vorfand, aus ihr die betreffenden Notizen in deren Text einschalten konnte, indem er einfach wegliess, was er mit diesem unvereinbar oder auch nur für seinen Geschmack zu weitläufig fand; hätte aber der erste Verfasser der Sage bereits der gleichen Verwechslung sich schuldig gemacht, so hätte er unmöglich die Geschwister seines Helden übersehen oder über dessen Domicilwechsel schweigen können. Aller Wahrscheinlichkeit nach hatte dieser seine Erzählung einfach mit Blundketil selbst begonnen, weil er von dessen verwandtschaftlichen Verhältnissen Nichts zu sagen wusste; höchstens mochte er noch über die frühere Besitzname des Thales durch Örnólf ein paar Worte gesagt haben, den er indessen in keinem Falle, wie Ari dies gethan zu haben scheint, zu Blundketils Vater gemacht haben kann, da er ihn im weiteren Verlaufe seiner Erzählung in ganz anderer Weise verwendet. Auffälliger noch sind aber ein paar weitere Unebenheiten in unserer Sage, die etwas einlässlichere Erörterung beanspruchen.

Gewicht möchte ich vor Allem auf die Unklarheit legen, mit welcher die Verhandlungen zwischen þorvald Túngu-Oddsson und Blundketil in cap. 8, S. 148—9, unserer Sage dargestellt sind, indem sie mir die Hand eines sehr ungeschickten Ueberarbeiters zu verrathen scheint. Nachdem þorvaldr die Frage gestellt hat, ob und wie Blundketill die Wegname des Heues dem þórir gutzumachen gedenke, antwortet dieser zunächst, dass er ihm selber überlassen wolle den Schadensersatz zu bestimmen, und stellt ihm darüber hinaus noch weitere Geschenke in Aussicht; hiemit aber ist þórir nicht zufrieden, und treibt den þorvald zu schärferem Vorgehen an. Da heisst es nun: „þá mælti þorvaldr: hvat viltu þá gjöra fyrir lögmálsstaðinn? Blundketill mælti: eigi annat en þú gjörir ok einn skapir slíkt er þú vilt. þá svarar þorvaldr: svo lízt mèr sem eingi sè annarr á gjörr en at stefna. Hann stefnir þá Blundkatli um rán", u. s. w. So wie sie stehen, geben diese Worte keinen genügenden Sinn; man merkt denselben an, dass der, der sie schrieb, selber den Sinn seiner Vorlage nicht recht verstand, und zwar ist es der seltene Ausdruck lögmálsstaðr, an welchem er strauchelte. Die Bedeutung dieses Ausdruckes lässt sich mit Sicherheit feststellen, obwohl derselbe meines Wissens nur noch an einer einzigen weiteren Stelle vorkommt, nämlich in der Staðarhólsbók, Kaupab., cap. 6, S. 402, wo gesagt wird: „Ef maðr kveðr fjár at eindaga, ok stefnir um, ok bittaz þeir á förnum vegi ok sá er gjalda skal, ok er rètt at hann taki þar við, ok versk gjaldandinn lögmálsstöðum, ef hann býðr þar". Die bisherigen Erklärungen des Wortes gehen weit auseinander. Munch übersetzt in unserer Sage: „hvad vil du da gjöre for Lovovertrædelsen?" (S. 14). Þórðr Sveinbjörnsson sagt in seiner Uebersetzung der Grágás: „a judiciali contentione liberatur"; in seinem Glossare dagegen, wo er unrichtig die Form lögmálastaðr statt lögmálsstaðr ansetzt, schwankt er zwischen der Deutung: „locus ubi contentiones forenses aguntur", und „locus, ubi debitum solveretur ex pacto partium", sowie zwischen der Uebersetzung: „a contentione in foro liberatur", und „in locum ad solvendum constitutum venire non tenetur", welche letztere er eher vorzuziehen scheint. Fritzner endlich giebt lögmálsstaðr unter Berufung auf unsere beiden Stellen durch „Sagsögning" wider, jeder weiteren Erklärung sich enthaltend; die übrigen Wörterbücher aber nemen von dem Ausdrucke überhaupt keine Notiz. Ich wähle als Ausgangspunkt für meinen Versuch denselben zu erklären die oben angeführte Stelle der Grágás. Der Sinn der in ihr gegebenen Bestimmung ist durch den Zusammenhang, in welchem sie steht, im Allgemeinen klar. Eine Schuld liegt vor, die den Charakter des eindagat fè trägt, d. h. bei welcher Ort und Zeit der Zahlung rechtsförmlich festgestellt ist, und der Glaübiger hat sich rechtzeitig an dem bestimmten Orte eingefunden, um die Zahlung in Empfang zu nemen, aber den Schuldner nicht angetroffen; er hat daraufhin, der gesetzlichen Vorschrift entsprechend[1]), zunächst in rechtsförmlicher Weise die Zahlung begehrt, beziehungsweise seine Bereitwilligkeit dieselbe zu empfangen, sowie die Abwesenheit des Schuldners constatirt, sodann aber gegen diesen die Ladung zum Erscheinen vor Gericht ergehen lassen. Indem er nun im Begriffe ist von dem Zahlorte weg und

---

1) Vgl Kaupab., cap. 2, S. 391, und in etwas anderer Fassung Festa þ., cap. 69, S. 394; die erstere Stelle auch Kgsbk, § 221, S. 140—141.

heim zu reiten, begegnet ihm der Schuldner, welcher seinerseits, freilich etwas verspätet, nach diesem sich begeben will, und soll nun für diesen Fall die Regel gelten, dass der Schuldner auch nachträglich noch an dem Orte, an welchem seine Begegnung mit dem Glaübiger stattfand, solle zahlen dürfen, und dass das hier von ihm gemachte Zahlungsanerbieten ihn von allen weiteren Ansprüchen des letzteren befreien solle. Fragt sich also nur, welche weiteren Ansprüche des Glaübigers unter den lögmálsstaðir zu verstehen seien? Nun wissen wir, dass beim eindagat fè die Klage, wenn es der Schuldner zu dieser kommen liess, nicht nur auf die Schuldsumme selbst (innstæða), sondern auch noch auf eine Zubusse (álög) gieng, welche regelmässig $4\frac{1}{2}$ Mark betrug, und sich aus der gewöhnlichen Busse von 3. Mark (útlegð), aus 6. Unzen für die Brechung des bei Eingehung des Schuldverhältnisses gegebenen Handschlages (handsalsslit), endlich aus 6. weiteren Unzen für die Mühe des Eintreibens der Schuld (harðafáng) zusammensetzte [1]), während in Folge der Nichteinhaltung gewisser Förmlichkeiten beim Vertragsabschlusse der als handsalsslit, oder umgekehrt der als harðafáng bezeichnete Betrag wegfallen konnte [2]). Auch sonst kommt die Bezeichnung álög noch öfters für Zahlungen vor, die strafweise zu einer primären Zahlung hinzutraten, und es ist demnach zu eng, wenn Þórðr Sveinbjörnsson in seinem Glossare den Ausdruck auf den soeben besprochenen Fall beschränken will; so im Armenrechte [3]), im Zehntrechte [4]), im Christenrechte [5]), u. dgl. m. Genau in demselben Sinne scheint mir nun aber auch der Ausdruck lögmálsstaðr zu stehen. Das gleichmässige Widerkehren des Wortes in der Grágás und in unserer Sage schliesst jede Möglichkeit aus, bei der ersten Hälfte desselben an lögmáli = rechtsgültiger Vertrag zu denken, und es ist rein willkürlich, wenn Þórðr Sveinbjörnsson, um diese zu ermöglichen, in seinem Glossare stillschweigend

---

1) Festa þ., cap. 59, S. 384; Kaupab., cap. 2, S. 391, und cap. 5, S. 395; die beiden letzteren Stellen auch Kgsbk, § 221, S. 140—1, und 143.
2) Festa þ., cap. 59, S. 384—5; Kaupab., cap. 6, S. 398, und 399—400; die letztere Stelle auch Kgsbk, § 221, S. 145—6.
3) Kgsbk, § 130, S. 13; Ómagab., cap. 8, S. 260.
4) Kgsbk, § 258, S. 211; § 259, S. 212, 13. und 14.
5) Kristinn R. hinn gamli, cap. 15, S. 76, Anm. ii.

die Form lögmálastaðr unterschiebt; von der Form lögmálsstaðr ist vielmehr auszugehen, und wird dabei die Zerlegung des Wortes in lögmáls--staðr ebensowohl zulässig sein, wie die Zerlegung in lög-málsstaðr, aber auch mit dieser genau zu demselben Ergebnisse führen. Es bedeutet aber lögmál zwar zunächst soviel wie gesetzliche Bestimmung, Rechtsvorschrift, und weiterhin soviel wie rechtsgültige Abrede und Verbindung, zumal eine Abrede bei welcher die naturalia negotii durch keine Willkür der Partheien alterirt werden[1]); aber das Wort kann auch eine Rechtssache bezeichnen, welche bei Gericht anhängig gemacht wird, wie ja auch das einfache „mál" in der Bedeutung von Streitsache oft genug vorkommt. Das vieldeutige Wort „staðr" aber bezeichnet unter Andern soviel wie Hinsicht, Richtung, Theil[2]), und an diese Bedeutung dürfte hier anzuknüpfen sein. Málsstaðr oder lögmálsstaðr würde von hier aus die Bedeutung Rechtspunkt, Processpunkt, oder Rechtstheil, Processtheil bekommen können, und diese Bedeutung wäre zunächst für die obige Stelle der Grágás vollkommen zutreffend. Da nämlich der Anspruch, welcher durch die Klage um eindagat fé verfolgt wurde, sich „í tvá staði" theilte, nämlich in die innstæða und in die álög, liess sich ja wohl für diese letzteren, welche auf Grund einer gesetzlichen Vorschrift, nicht einer vertragsweisen Verabredung zu zahlen waren, und welche nicht bei rechtzeitiger Vertragserfüllung, sondern nur dann gefordert werden konnten, wenn wegen der Nichtleistung geklagt werden musste, die Bezeichnung als Gesetztheil oder Processtheil hören, und da die álög im gegebenen Falle sich wider aus 3. Bestandtheilen, nämlich útlegð, handsalsslit und harðafáng zusammensetzten, ist auch die Pluralform, lögmálsstaðir, für diese Stelle vollkommen gerechtfertigt; der Ausdruck: „versk gjaldandinn lögmálsstöðum", d. h. der Schuldner hat

---

1) vgl. z. B. Kgsbk, § 4, S. 17: nú gera þeir eigi annann máldaga, enn maðr tekr prestlíng til kirkju sinnar at lögmáli; § 76, S. 124: þar er menn telja bross sín til graslu á alþíngi at lögmáli".

2) vgl. z. B. Kgsbk, § 266, S. 209: hreppsmenn þeir, er eru til teknir, skulu skipta hverra manns tíund í fjóra staði, nema minna sè enn eyristíund, enda er þá rétt at hun hverfi í einn stað; Eyrbyggja, cap. 29, S. 87: eptir þat hljópu menn í tvá staði; Flbk, II, S. 437: horfu græðíngar mjök í tvá staði; Njála, cap. 135, S. 213: en líðveizlu mína er skylt at ek leggja til í alla staði sem ek má, u. dgl. m.

eine rechtsgültige Vertheidigung gegen die (Forderung der) Gesetz- oder Processportionen, ist mit dieser Auslegung des Wortes ganz wohl vereinbar, während derselbe umgekehrt jede Möglichkeit ausschliesst, dasselbe sei es nun auf den Ort der vertragsmässigen Zahlung oder auf den Ort der Processführung zu beziehen. Aber auch für die angeführte Stelle unserer Sage passt dieselbe Deutung. Blundketill hat dem Hænsaþórir gewaltsam Heu weggenommen, und hierinn will dieser einen Raub (rán) sehen [1]), wie denn auch die sofort folgende Ladung auf dieses Verbrechen lautet; nach der Strenge des Gesetzes ist diese Auffassung auch vollkommen begründet, soferne der Begriff des rauðarán vollständig auf unseren Fall quadrirt [2]). Nun war der Raub mit der Acht in ihrer vollen Strenge bedroht, wobei das Vermögen des Æchters eingezogen wurde; aus demselben wurde sicherlich beim Raub ebensogut dem Damnificaten zunächst Schadensersatz geleistet wie beim Diebstahle [3]) oder der widerrechtlichen Beschädigung (spellvirki) [4]), und ausserdem fiel demselben die Hälfte dessen zu, was nach völlig durchgeführter Liquidation dieses Vermögens etwa noch von demselben übrig blieb. Wenn demnach Blundketill auf Þorvalds Frage, wie er zu Hænsaþórirs Ansprüchen sich zu verhalten gedenke, zunächst nur sich bereit erklärt, Schadensersatz nach eigener Schätzung der Klagspartbei zu leisten, so mochte Jener immerhin weiter fragen, was er denn für den Gesetzestheil zu thun gedenke; hier wie dort würde dann durch lögmálsstaðr die criminelle Seite der Streitsache gegenüber der civilen bezeichnet, also das was sich auf den Bruch der Rechtsordnung bezieht, im Gegensatze zu dem auf die blose Widerherstellung des gekränkten subjectiven Rechts Bezüglichen, d. h. eben der Rechtspunkt in abstracto. Ich darf mich zur Bestätigung meiner Auslegung auf eine Parallelstelle berufen, die in einem ganz änlichen Falle einen ganz änlichen Ausdruck gebraucht [5]). Eine der verlässigeren Sagen erzählt nämlich, wie ein gewisser Eysteinn Múnason

---

1) cap. 0, S. 140. und 141, dann 142; cap. 7, S. 145.
2) Kgsbk, § 228, S. 164: Ef maðr heldr eigi á, ok kveðst hann þó eiga, en hinn tekr þann grip ábrott, ok er þat rauðarán
3) Kgsbk, § 40, S. 86, und § 62, S. 114.
4) ebenda, § 63, S. 116.
5) Vígaskúta s., cap. 1, S. 232—33.

seinem Nachbarn Mýlaugr 4. Lasten Holz wegnam, weil dieser sie ihm als einem bösen Schuldner nicht verkaufen wollte; die Sache wurde auf den Schiedspruch des trefflichen Áskell goði gestellt, und dieser „gjörði Mýlaugi við jafnmikinn, ok 12. aura silfrs fyri sakastaði". Sakastaðr, oder wie anderwärts geschrieben wird, sakarstaðr, bezeichnet allerdings an ein paar anderen Stellen den processualisch geltend zu machenden Rechtsanspruch im Allgemeinen[1]); indessen ist diess sicherlich nur eine minder genaue Gebrauchsweise des Wortes, welche überdiess auch bei dem Worte málstaðr sich nachweisen lässt[2]), und an einer der betreffenden Stellen wechselt dieser Ausdruck sogar geradezu mit sakastaðr[3]), mit welchem Worte jenes etymologisch ohnedem gleichbedeutend genommen werden muss, da sök = mál = Processsache steht. Aber wenn die bisherige Ausführung þorvalds Frage vollkommen verständlich macht, so ist doch aus der Antwort, welche unser Text den Blundketil auf dieselbe geben lässt, klar ersichtlich, dass dessen Schreiber dieselbe seinerseits ganz und gar nicht verstanden haben kann. Hätte Blundketill, so wie seine Worte in unserem Texte lauten, sich wirklich auch in Bezug auf den Strafpunkt schlechthin der alleinigen Entscheidung þorvalds unterworfen, so hätte dieser unmöglich sofort erklären können, dass ihm keine andere Wahl mehr bleibe als die Ladung vor Gericht. Eine andere Wortfassung muss hier ursprünglich vorgelegen haben, die den Gegensatz des Civil- und Criminalpunktes schärfer hervorgehoben hatte, und welche nur darum hinterher verwischt wurde, weil dem späteren Ueberarbeiter die alte Rechtsterminologie nicht mehr geläufig war. — Uebrigens regt gerade die auf den Heuraub bezügliche Erzählung unserer Sage noch eine weitere Erwägung an. Die Jónsbók enthält nämlich eine Bestimmung, welche für Nothfälle eine zwangsweise Expropriation in Bezug auf Heuvorräthe geradezu anordnet[4]). Einer Vor-

---

1) Finnboga s., cap. 41, S. 846: kvaðst vilja góðu við hann skipta, ok uppgefa sakastaðinn þann, sem til heyrir: Njála, cap. 107, S. 106: ok var þá lagit mál í gerð, ok féllu hálfar bætr niðr fyrir sakastaði þá er hann þótti á eiga.
2) vgl. z. B. Hrólfs s. kraka, cap. 38, S. 76—7: mikill málstaðr er þetta, sem þú rekr upp, því þar egum vèr eptir föðurbefndum at leita, er Aðils konúngr enn ágjarni ok prettvísi er.
3) Njála, ang. O., Versio latina, S. 370, Anm. k: fyrir sakir málstaða þeirra.
4) Landsleigub., cap. 12.

schrift des norwegischen Landrechtes nachgebildet, welche sich ihrerseits freilich nicht auf Heu, sondern auf Saatkorn bezieht[1]), ist dieselbe dem älteren isländischen Rechte durchaus fremd, und wir wissen, dass gerade diese, erst in unserem Jahrhunderte[2]) aufgehobene Vorschrift zu der langen Reihe derjenigen zählte, gegen welche sich am Alldinge des Jahres 1281. sowohl der Klerus als die Bauerschaft der Insel sehr entschieden erklärte[3]). Es ist nicht nur rein undenkbar, dass der Heuraub Blundketils von unserer Sage in so harmloser Weise, wie diess geschehen ist, behandelt worden wäre, wenn dieselbe erst zu einer Zeit aufgezeichnet worden wäre, da jene heftigen Verhandlungen noch im Gange, oder doch noch in frischer Erinnerung waren, sondern auch kaum wahrscheinlich dass ein Ueberarbeiter derselben, der unter solchen Eindrücken geschrieben hätte, in keinem Worte eine Spur der Stimmung seiner Zeit hinterlassen haben sollte. Die Ueberarbeitung unserer Quelle, die ich annehmen zu sollen glaube, wird hiernach entweder noch vor das Jahr 1280, oder aber erst in das 14. Jahrhundert zu setzen sein.

Ungemein auffällig ist sodann in unserer Sage die Art, wie Hersteinn sich seine Helfer zur Verfolgung der Blutklage wirbt. Hersteinn handelt dabei nach dem Rathe seines alten Pflegevaters Þorbjörn stígandi, von welchem es (cap. 9, S. 152) hiess, „at Þorbjörn væri eigi allr jafnan þar sem hann var sénn", und welcher sich wirklich im weiteren Verlaufe der Sache ungemein verschlagen erweist; wie soll sich nun aber dazu reimen, dass der alte Mann trotz des entschiedensten Abrathens Hersteins dennoch ungeschickt genug ist, zunächst den Túngu-Odd, Blundketils erklärten Feind, um Hülfe anzugehen? Allerdings kann keinem Zweifel unterliegen, dass der Zwischenfall mit diesem letzteren unserer Sage von Anfang an zugehörte. Die hinterlistige Art, wie dieser Haüptling die altheidnische Form der Besitzergreifung von Land mittelst einer Feuerweihe misbraucht, um den nidergebrannten Hof im Örnólfsdale sich selber anzueignen, liegt so völlig im Geiste der älteren Zeit, dass sie nimmermehr auf eine spätere Zuthat zurückgeführt werden kann, und

---

1) Landsleigub., cap. 14.
2) Durch Plakat vom 19. September 1806; vgl. Lagasafn, VII, S. 62—9
3) Árna bps s, cap. 28, S. 718—19.

überdiess spielt der Anspruch, welchen Túngu-Oddr auf das Land im
Örnólfsdale erhebt, und welcher sich doch nur auf eben jene Besitzergreifung gründen kann, im weiteren Verlaufe der Erzählung seine
wichtige Rolle, indem nur er jenen Conflict mit Gunnar Hlífarson veranlasst, welcher dann wider zu der Heirath von Túngu-Odds Sohn þóroddr
mit der Jófríðr Gunnarsdóttir führt, einer Heirath, deren die verschie-
densten Quellen ganz übereinstimmend gedenken, und zwar regelmässig
mit dem auch unserer Sage bekannten Beisatze, dass diese Jófríðr in
zweiter Ehe mit þorsteinn Egilsson zu Borg verheirathet gewesen sei[1]).
Aber damit ist doch noch ganz und gar nicht gesagt, dass im Originale unserer Sage dieser Zwischenfall auch bereits völlig in der nämlichen Weise
erzählt gewesen sei, wie in unserer Recension derselben; es liegt vielmehr die Vermuthung nahe, dass in dieser letzteren eine Verwechslung
der ursprünglichen Rollen stattgefunden, und durch diese erst die oben
als anstössig bezeichneten Punkte in unsere Sage Eingang erlangt haben
mögen. Nemen wir an, dass der junge Hersteinn, sei es nun im naiven
Vertrauen auf die Gerechtigkeit seiner Sache, oder vielleicht besser noch
auf irgend ein bei einer nicht mehr zu ermittelnden Gelegenheit von
Túngu-Odd ihm gegebenes Versprechen trotz des Abrathens seines welt-
erfahrenen Pflegevaters sich an jenen Haüptling gewandt habe, so ge-
winnt die ganze Erzählung sofort insoweit ihre ganz naturgemässe Run-
dung, während sich zugleich recht wohl begreift, wie ein ungeschickter
Ueberarbeiter möglicherweise nur durch das Bestreben, die einleitenden
Parthieen der Sage zu kürzen, sich zu jenem Rollentausche bestimmen
lassen konnte. — Ganz vortrefflich, und unzweifelhaft ächt, ist die
Ueberlistung des þorkell trefill zu Svignaskarð erzählt. Die erste Einführung des Mannes in cap. 1, S. 124, ist allerdings einigermassen verdächtig, da sie sich genau mit Landnáma, II, cap. 4, S. 72. berührt,
und überdiess nicht der entfernteste Grund abzusehen ist, warum neben
Helgi, welcher später noch einmal als thatkräftiger Helfer þorkels ge-

---

1) vgl die Eigla, cap. 83, S. 209; Gunnlaugs s. ormstöngu, cap. 1, S. 191—2; Laxdæla,
cap. 7, S. 16; Landnáma, I, cap. 20, S. 61, II, cap. 19, S. 116, und IV, cap. 12, S. 272;
Bárðar s. snæfellsáss, cap 10, S 22; endlich die Bischofs-Genealogien, in den
Islendínga sögur, I, S. 360.

nannt wird (cap. 13, S. 168—9), auch noch ein weiterer Bruder dieses
Haüptlinges Namens Gunnvaldr, und zwar dieser sammt seinem Sohne
und seiner Schwiegertochter erwähnt werden sollte, während doch von
allen diesen Leuten im weiteren Verlaufe der Erzählung mit keinem
Worte mehr die Rede ist. Man möchte vermuthen, dass von unserer
Sage hier die Landnáma benützt, und zwar aus Ungeschick in über-
reichem Masse benützt worden sei; aber diese Benützung kann recht
wohl dem Ueberarbeiter der ersteren zugeschrieben werden, und in der
That deutet die Art, wie Helgi zu Hvammr hinterher in derselben erwähnt wird, ganz und gar nicht darauf hin, dass bereits im Eingange
der Sage seiner Erwähnung geschehen sei. Dagegen ist die Bemerkung
über þorkels Charakter: „þorkell trefill var vitr maðr ok vel vinsæll,
stórauðigr at fé", der Landnáma fremd, und sie wird demnach in unserer Sage wurzelhaft sein, wie sie denn auch vorausgesetzt wird, um
das spätere Verhalten des Mannes zu motiviren. Auch die Laxdæla,
cap. 10, S. 24, erwähnt des Mannes, und sagt von ihm, mit dem obigen
Urtheile ganz übereinstimmend: „hann var höfðingi mikill, ok vitríngr".
Dieselbe Laxdæla, cap. 18, S. 58—60, erzählt aber von þorkel auch
noch einen ungemein listigen, aber freilich keineswegs besonders ehren-
haften Streich, durch welchen er sich eine reiche Erbschaft zuzuwenden
wusste, und die Landnáma, II, cap. 23, S. 131—2, scheint dieselbe
Erbschaftssache im Sinne zu haben, nur dass sie die verwandtschaftlichen Verhältnisse, welche deren thatsächliche Grundlage bildeten, ganz
anders und ziemlich verwirrt angiebt; an einer weiteren Stelle, II, cap. 30,
S. 154, erzählt ferner diese letztere Quelle noch einen anderen Beweis
der seltensten Verschlagenheit von demselben Manne, mittelst dessen
er den weisen Gestr Oddleifsson zu überlisten wusste. Derartige Erzählungen muss man wohl im Auge behalten, wenn man die Pointe in
der Darstellung unserer Sage richtig würdigen will; sie liegt offenbar
gerade darinn, dass sie den durchtriebenen Fuchs durch einen noch
geriebeneren übers Ohr gehauen zeigt. — So lebendig und naturgetreu
aber diese erste Erzählung ist, so unwahrscheinlich lautet der weitere
Bericht unserer Sage über die Art, wie zuerst Gunnarr Illfſarson, und
dann wider þórðr gellir angeführt werden. Schon das dreimalige Spielen
eines Betruges ist verdächtig; mehr noch, dass der dem þórð gespielte

genau derselbe ist, durch welchen unmittelbar zuvor erst Gunnarr überlistet worden war. Beidemale soll die Verlobung Hersteins mit der þuríð, der Tochter Gunnars und Nichte þórðs, als Mittel dienen, diese ihre Angehörigen an Hersteins Sache zu binden, und beidemale wird die Verlobung dadurch erreicht, dass bei der Werbung Blundketils Tod verschwiegen wird. Aber ist es denkbar, dass der geradsinnige Gunnarr, eben erst selbst getäuscht, sofort sich zum eifrigen Gehülfen der gleichen, an seinem Schwager zu begehenden Täuschung hergegeben haben werde, und dass er sich dabei nicht etwa blos eines hinterlistigen Verschweigens, sondern sogar einer derben, handgreiflichen Lüge schuldig gemacht habe[1])? Ist es ferner denkbar, dass þuríðr zu zwei verschiedenen Malen dem Herstein verlobt wurde, erst durch ihren Vater, und dann, als ob noch keine Verlobung vor sich gegangen wäre, nochmals durch ihren Oheim (cap. 10, S. 160, und cap. 11, S. 163), während doch nach unzweifelhaften Rechtsgrundsätzen bei Lebzeiten des Vaters Niemand anders als er selber seine jungfräuliche Tochter zu verloben berechtigt war[2])? Die Hand eines Ueberarbeiters, und zwar eines recht einfältigen Ueberarbeiters, ist hier nicht zu verkennen; seine ganze Zuthat kann aber auch aus der Erzählung ausgeschieden werden, ohne dass deren innerer Zusammenhang dadurch im Geringsten erschüttert würde. Allerdings wissen wir nicht nur aus unserer Sage (cap. 10, S. 156—7), sondern auch aus einer Reihe anderer Quellen, dass Helga, die Frau Gunnars und Mutter der þuríð, eine Schwester des þórðr gellir war[3]), und wir wissen überdiess aus der Íslendíngabók, dass gerade dieser Umstand es war, welcher den letzteren bestimmte, um die Streitsache Hersteins als des Mannes seiner Nichte sich anzunemen; aber Nichts steht der Annane entgegen, dass Hersteins Heirath schon längst vor dem Mordbrande erfolgt sein möge, vielmehr zeigen sich Ari's Worte einer

---

1) cap. 11, S. 161—2: faðir hans hefir þat mællt, at hann mundi af hendi láta búit, en Hersteinn tœki við.

2) Kgsbk. § 144, S. 29: Sonr 16. vetra gamall eða ellri er fastnandi móður sinnar, frjálsborinn ok arfgengr ok svá hygginn, at hann kunni fyrir erfð at ráða. En ef eigi er sonr, þá er dóttir sú er gipt er, ok á þá bóndi hennar at fastna mágkonu sína. En þá er faðir fastnandi dóttur sinnar; Festa þ., cap. 1, S. 305; Anhang IV, § 48.

3) Laxdœla, cap. 7, S. 16; Landnáma, II, cap. 19, S. 116; Biscbofsagenealogieen, S. 360.

solchen Vermuthung sogar günstig. Nemen wir nun an, dass die Sache in unserer Sage ursprünglich ebenso dargestellt gewesen sei, so ist sofort Alles in der schönsten Ordnung. Nachdem Hersteins allzu vertrauensvoller Appell an Túngu-Odd sich erfolglos erwiesen hat, wendet sich dieser, nunmehr des alten þorbjörns Rathe folgend, zunächst an þorkel trefil, den es ihm glücklich gelingt zu überlisten; dann reitet er mit diesem zu seinem eigenen Schwiegervater Gunnar, der sich sofort natürlich zu seiner Unterstützung bereit erklärt, worauf dann von allen drei Männern zusammen noch þórðr gellir angegangen wird, welcher denn auch seinerseits seine Hülfe zusagt, theils um der Verschwägerung willen, und theils aus dankbarer Erinnerung an Dienste, welche Blundketill ihm in früheren Zeiten erwiesen hatte. Der Ueberarbeiter erst, welchem diese schlichte Motivirung zu wenig romantisch erscheinen mochte, glaubte jener ersten List noch eine zweite und dritte folgen lassen zu müssen, und kam bei der Armseligkeit seiner Erfindungsgabe von hier aus zu jener abgeschmackten Erzählung, wie wir sie in dem uns vorliegenden Texte der Hænsaþóris s. lesen.

Vollständig verwirrt ist ferner, was unsere Sage über die Vorbereitungen sagt, welche für die Processführung getroffen wurden. Die Ladung vor das þíngnessþing wird (cap. 12, S. 167—8) zu Norðrtúnga an den Goden Arngrím gerichtet, was ganz in der Ordnung ist, da dieser hier wohnte, aber auch an Hænsaþórir, welcher doch zu Helgavatn gesessen war, und somit auch nur auf diesem letzteren Hofe vorgeladen werden konnte; da beide Höfe sehr nahe bei einander liegen, mag freilich sein, dass der Nichterwähnung des geringeren nur eine Ungenauigkeit des Ausdruckes zu Grunde liege, aber doch hätte sich auch einer solchen der Verfasser der Sage wohl kaum schuldig gemacht. Schlimmer noch ist, wenn sofort erzählt wird, wie Hersteinn sich von seinen Genossen trennt um sich nach dem Orte zu begeben, an welchem seiner Behauptung nach þorvaldr Túngu-Oddsson sein letztes Nachtlager (hinn síðusta náttstað) gehabt habe, weil dieser damals sich von seinem regelmässigen Aufenthaltsorte entfernt gehabt habe (þvíat hann var þá farinn af vist sinni). Da ist nun zunächst schon höchst auffällig, dass uns weder gesagt wird, wo denn jenes letzte Nachtlager gehalten worden sei, noch auch was Hersteinn denn an dem betreffenden Ort gethan habe; weit auffälliger ist aber noch die juristische Verkehrtheit der Erzählung, wenn wir dieselbe in der einzigen dem Zusammenhange nach zulässigen Weise ergänzen. Augenscheinlich kann Hersteins Expedition nur den Zweck verfolgen, die Ladung gegen þorvald zu erlassen, wie solche unmittelbar zuvor gegen Arngrím und þórir erlassen worden war, und die Berücksichtigung seiner letzten Nachtherberge kann, zumal im Zusammenhalte mit der ausdrücklich hervorgehobenen Entfernung desselben von seinem früheren Aufenthaltsorte, doch nur dahin verstanden werden, dass eben an diesem Orte die Ladung erlassen werden wollte; aber gerade damit werden wir auf ein entschiedenes juristisches Misverständniss als Quelle der betreffenden Angaben geführt. þorvaldr war im Jahre zuvor, ehe der Mordbrand begangen worden war, erst aus der Fremde heimgekehrt; im Nordlande war er gelandet, und dort hatte er sich den Winter über aufgehalten. Im folgenden Frühjahre war er sodann südwärts geritten um seinen Vater zu besuchen, und bei dieser Gelegenheit hatte er zu Norðrtúnga bei Arngrím Herberge genommen (cap. 7, S. 143). Wenige Tage später war der Mordbrand begangen worden, und bis dahin war þorvaldr zu Norðrtúnga geblieben; Weiteres aber erfahren wir nicht über ihn. Wollte hiernach Herstein ihn laden, so konnte er ihn entweder als auf dem Hofe seines Vaters domicilirend behandeln, oder auch, da ein 16jähriger junger Mann bereits als berechtigt galt sich sein eigenes Domicil zu wählen[1]), ihm mit der gesetzlich vorgesehenen Frage um seinen Wohnort zu Leibe rücken[2]), oder er konnte sich endlich, wenn sich hiezu keine Gelegenheit bot, an dessen letztes ihm bekannt gewordenes Domicil halten, also an den Ort, an welchem þorvaldr sich den Winter über aufgehalten hatte[3]), und an welchem er somit, von der Reise heimkommend, jedenfalls sein legales Domicil genommen haben musste[4]); keinenfalls aber konnte dabei des jungen Mannes letzte Nachtherberge in Frage kommen. Allerdings lassen unsere Rechtsquellen gegen Leute, welche ein festes Domicil überhaupt

---

1) Kgsbk, § 78, S. 129; Kaupab., cap. 53, S. 465.
2) Kgsbk, § 22, S. 40—43.
3) Kgsbk, § 78, S. 131, und § 80, S. 133; Kaupab., cap. 55, S. 469—70, und cap. 59, S. 472.
4) Kgsbk, § 79, S. 131; Kaupab., cap. 56, S. 470.

nicht besitzen, die Ladung an demjenigen Orte richten, an welchem dieselben ihre letzte bekannte Nachtherberge hatten[1]); aber es handelt sich dabei nur um vagabundirende Bettler, oder höchstens noch um Taglöhner, die von Hof zu Hof ziehen, ohne auch nur auf einem einzigen 3. Tage hinter einander in Arbeit zu stehen, während doch der Sohn eines der mächtigsten Haüptlinge des Landes unmöglich der einen oder der anderen Kategorie beigezählt werden konnte. Wollte aber etwa Hersteinn seinen Gegner gerade dadurch beschimpfen, dass er ihn als einen heimatlosen Vagabunden behandelte, so musste denn doch dieser Umstand von dem Schreiber der Sage sicherlich besonders angedeutet und hervorgehoben werden. — Endlich ist auch der andere Umstand noch auffällig, dass bei dem zu Hvammr gehaltenen Hochzeitsmahle Hersteinn feierlich die Verfolgung Arngríms und Gunnarr die Verfolgung þorvalds gelobt (cap. 12, S. 166), während dann hinterher doch Hersteinn und nicht Gunnarr den letzteren ladet. Allerdings war an und für sich lediglich Hersteinn zur Blutklage um seinen Vater berufen, und zwar ganz gleichmässig den sämmtlichen Mordbrennern gegenüber; insoweit also ist es ganz in der Ordnung, wenn er und kein Anderer auch gegen þorvald seine Ladung ergehen lässt. Aber was will dann jenes Gelübde Gunnars heissen? Nur auf Grund einer von Herstein ihm rechtsförmlich ertheilten Vollmacht konnte dieser ja überhaupt gegen þorvald auftreten, und von der Ertheilung einer solchen ist nirgends eine Spur zu finden; wäre aber etwa eine solche dennoch als ertheilt anzunemen, so hätte wider Gunnarr, nicht Herstein die Ladung þorvalds vornemen müssen, da das isländische Recht niemals den Vollmachtgeber neben dem Bevollmächtigten an der Sachführung sich betheiligen lässt. Ferner. Sowohl Hersteinn als Gunnarr gelobt, den gewählten Gegner zur Verur-

---

[1] Kgsbk, § 60, S. 133: Ef maðr ferr með dagakaup, ok er rétt at stefna honum þar er hann er hálfan mánað um annir eða lengr. Enn ef hann er hvergi hálfan mánað í einum stað um annir, ok er rétt at stefna honum þar er hann var 8. nætr eða lengr um annir; ef hann var hvergi svá, ok er rétt at stefna þar er hann vissi náttstað hans síðarst; ebenda, § 82. S. 140: Ef maðr göriz húsgangsmaðr heill ok svá brauðr at hann mætti fá sér 2. missera vist, ef hann vildi vinna sem hann mætti, ok varðar þat skóggáng, ok er rétt at stefna þar, er hann vissi náttstað hans síðarst. Vgl. Kaupab., cap. 59, S. 472, und cap. 65, S. 482.

theilung zu bringen, ehe noch das nächste Allding vorüber sei; wie will sich nun dazu reimen, dass dieselben die Sache dann doch an das þíngnessþíng bringen, sodass sich in keiner Weise voraussehen liess, dass dieselbe überhaupt noch an das Allding kommen werde? Und wie sollen wir es verstehen, wenn die Leute bei eben jenem Hochzeitsmable dem þórð gellir nahe legen, dass er ein änliches Gelübde dem Túngu-Odd gegenüber ablegen werde, während dieser doch bei dem Mordbrande gar nicht betheiligt gewesen war, und somit einer Klage wegen desselben in keiner Weise ausgesetzt sein konnte, wie denn auch wirklich hinterher gegen ihn keine Ladung dieserhalb ergieng? Man sieht, die ganze Erzählung von den Gelübden ist lediglich ein späterer, recht unbeholfener Zusatz des Ueberarbeiters, welcher unsere Sage durch eine nach dem Muster so mancher anderer Sagen erfundene Episode weiter aufputzen zu sollen glaubte; in dem ursprünglichen Texte derselben kann diese Geschichte wenigstens so wie sie uns vorliegt nun und nimmermehr gestanden haben.

Widerum ist der Bericht durchaus verkehrt, welchen unsere Sage über das Ende Hænsaþóris giebt. Sie erzählt (cap. 13, S. 168), wie dieser noch vor dem Zusammenstosse am þíngnessþínge mit 11. Genossen spurlos verschwunden sei, sowie ihm die Männer bekannt geworden waren, welche ihre Unterstützung der Klagsparthei zugesagt hatten, und sie erzählt auch (cap. 13, S. 170—71), wie unmittelbar nach jenem Zusammenstosse Gunnarr mit Herstein seinen Hof tauscht, sodass er selber nach dem Örnólfsdale zieht, während jener nach Gunnarsstaðir zu wohnen kommt. Als dann die Zeit kommt, da man zum Alldinge reiten soll, lässt sie (cap. 14, S. 171) den Herstein krank zu Gunnarsstaðir zurückbleiben, bald darauf aber wider gesund werden, und während seine Genossen auf der Dingfahrt sind, nach dem Örnólfsdale abgehen. Hier lässt ihn Hænsaþórir in einen Hinterhalt locken, den er ihm selbzwölft gelegt hat; er aber merkt den Verrath des an ihn abgesandten Bauern, besiegt und erschlägt glücklich den Þórir, und reitet dann zum Dinge nach, wo er eben noch recht kommt um der Niderlage der übrigen Gegner beizuwohnen (cap. 15, S. 174—77). Die vollständigste Verwirrung ist hier unverkennbar. Offenbar kann Þórir's Verschwinden unmöglich dahin gedeutet werden, dass er lediglich sich selber vor den mächtigen Bundesgenossen seines Gegners in Sicherheit bringen wollte; wäre es ihm nur hierum zu thun gewesen, so wäre er sicherlich ohne Genossen geflohen und nach einem von dem Wohnorte Jener weiter abgelegenen Verstecke, und hätte auch hinterher nicht ohne alle Noth mit Herstein wider angebunden. Seine heimliche Entfernung muss somit auf die Absicht zurückgeführt werden, den Gegnern durch einen unvorhergesehenen Ueberfall zu schaden, wie er diess denn auch wirklich seinerzeit listig genug versucht; aber mit dieser Auffassung des Herganges harmonirt dann wider weder der Hoftausch unter Herstein und Gunnar, noch auch des ersteren, sei es nun wirkliche oder vorgebliche, Krankheit. Von jenem Tausche musste þórir denn doch Kenntniss haben; wie konnte er dann aber Herstein gegenüber auf einen Ueberfall speculiren, da er denselben doch wenn krank zu Gunnarsstaðir, und wenn gesund am Alldinge vermuthen musste? Nun muss dieser Hoftausch offenbar bereits der Sage in ihrer ursprünglichsten Gestalt angehört haben, da derselbe für den weiteren Verlauf der Erzählung eine durchaus wesentliche Voraussetzung bildet. Nur durch ihn sind die Verwicklungen motivirt, welche sich später zwischen Gunnar und Túngu-Odd begeben, und welche dann durch þórodds Heirath mit des ersteren Tochter beendigt werden; was hätte überdiess einen Ueberarbeiter der Sage zu dessen Einschaltung bewegen sollen, da derselbe ja mit der gesammten Fassung der Erzählung ganz und gar nicht im Einklange steht? Die letztere Erwägung schliesst auch die Möglichkeit aus, dass der Wechsel der Wohnstätten im Originale unserer Sage etwa erst an einer späteren Stelle erzählt worden wäre, nachdem Herstein bereits den þórir getödtet gehabt hätte, und es scheint demnach nur die Anname übrig zu bleiben, dass es ursprünglich Gunnarr gewesen sein werde, welcher jene Krankheit vorschützte um dem þórir auf den Leib zu rücken, von dessen Aufenthalt in seiner Nähe er Wind erhalten haben mochte, und dass erst der Ueberarbeiter der Sage þórir's Tödtung von ihm auf Herstein übertragen habe. In der That stand dem Gunnar als dem vor Allen streitbaren Manne der kecke Streich ganz besonders wohl an, während es sich andererseits auch wider recht wohl begreift, dass ein Ueberarbeiter, welchem es weniger um die geschichtliche Wahrheit als um einen möglichst romantischen Aufputz seiner Sage zu thun war, an der höchst unbedeutenden Rolle Anstoss nemen konnte, welche Hersteinn in der ganzen Erzählung spielte, deren Hauptheld er doch als der zunächst zur Blutrache Berufene hätte sein sollen, und dass er diesem vermeintlichen Uebelstande dadurch abzuhelfen suchen mochte, dass er einen Theil dessen auf ihn übertrug, was ursprünglich von Gunnar erzählt worden war. Es ist bereits früher bemerkt worden, dass unsere Sage gerade in Bezug auf þórir's Ende wider von der Íslendíngabók abweicht, indem sie diesen bereits vor der Verhängung der Acht über seine Genossen erschlagen lässt, während diese letztere berichtet, dass er zugleich mit den übrigen Mordbrennern am Allidinge geächtet und erst hinterher dann getödtet worden sei; möglich, dass dieser Widerspruch in unserer Sage nicht wurzelhaft, sondern erst durch den Ueberarbeiter in dieselbe hereingebracht worden ist, wiewohl ich diess bestimmt zu behaupten nicht wagen möchte.

Noch manche andere, an sich zwar wenig beweisende, aber in ihrer Verbindung mit den obigen gewichtigern Momenten immerhin auch berücksichtigungswerthe Gründe liessen sich für Annahme einer späteren Ueberarbeitung der Hænsaþóris s. geltend machen. Ich hebe beispielsweise den Namen Víðfari hervor, welchen jener vielwandernde Angehörige þórir's trägt, durch welchen dieser auf die Möglichkeit aufmerksam gemacht wird, don þorvald für seine Sache zu gewinnen; in seiner sprechenden Bedeutung trägt dieser durchaus den Charakter einer späteren Erfindung. Ausserdem liesse sich auch die oben schon erwähnte Verschiedenheit der Ableitung des Namens Helgavatn in unserer Sage und in der Landnáma mit der Ueberarbeitung der ersteren in Zusammenhang bringen. Da nämlich unsere Sage, cap. 1, S. 122, den Helgi Högnason wie die Landnáma zu Arngríms Vater macht, ohne ihn doch wie diese bereits zu Helgavatn wohnen zu lassen, eröffnet sich neben der bereits erwähnten ersten Möglichkeit, dass der Text unserer Landnáma aus den Angaben Ari's und denen unserer Sage combinirt sein könnte, jetzt nachdem anderweitig dargethan worden ist, dass diese letztere mehrfach überarbeitet wurde, auch noch die Möglichkeit der anderen Annahme, dass deren Ueberarbeiter erst den Namen des Sees an Helgi Arngrímsson statt an Helgi Högnason angeknüpft, und darum den Wohnort dieses letzteren, der in seinem Originale genannt gewesen war, gestrichen haben könnte. Möglicherweise hatte ihn dazu der Umstand veranlasst, dass er Þórir's Hof „at Vatni" auf Helgavatn beziehen zu müssen glaubte, während doch unter demselben ebensogut auch der andere, gleichfalls noch existirende Hof zu Hreðavatn verstanden sein mochte. Endlich möchte ich noch auf den Vergleich hinweisen, welcher in cap. 17, S. 182, unserer Sage zwischen Gunnarr Hlífarson und dem berühmten Gunnarr Hámundarson von Hlíðarendi gezogen wird. Es heisst nämlich hier von dem ersteren: „gengr heim til bæjarins, ok tók boga, því hann skaut allra manna bezt af honum, ok er þar helzt til jafnat, er var Gunnarr at Hlíðarenda", und in der That erinnert die Art, wie derselbe allein in seinem Hause überfallen wird, und mit Bogen und Pfeilen sich zu vertheidigen sich anschickt, sehr lebhaft an das, was in der Njála, cap. 78, S. 114—17, von jenem anderen Gunnar erzählt wird. Aber dabei ist zunächst schon auffallend, dass unsere Sage zur Vergleichung einen Vorgang heranzieht, welcher doch erst über zwei Jahrzehnte später sich begab als der von ihr erzählte, und dass sie dabei nicht mit einem Worte des Zeitabstandes gedenkt, welcher die beiden Namensvettern von einander trennte. Auffällig ist ferner, dass die Njála, auf deren Benützung doch jene Vergleichung hinzudeuten scheint, wenigstens in der Gestalt, in welcher sie uns vorliegt, erst dem Ende des 13. Jhdts. angehört, wiewohl allerdings die Möglichkeit besteht, dass bei jener Parallele ihrem Urheber eine ältere Recension der Njála s., oder selbst nur die mündliche Ueberlieferung über den streitbaren Helden derselben vorlag. Schliesslich aber, und dieser Punkt ist mir der bedeutsamste, darf auch nicht unbeachtet bleiben, dass änliche Vergleichungen verschiedener Männer auch in anderen Sagen mehrfach vorkommen, und geradezu auf einen bestimmten Geschmack einer bestimmten Zeit schliessen zu lassen scheinen. So heisst es eben widerum von unserem Gunnar Hlífarson in der Gunnlaugs s. ormstúngu, cap. 1, S. 191: „Gunnarr hefir bezt vígr verit ok mestr fimleika maðr á Íslandi af búandmönnum, annarr Gunnarr at Hlíðarenda, þriði Steinþórr á Eyri". Die Stelle ist zwar in der ältesten uns erhaltenen Membrane, nr. 18. in 4° der isländischen Pergamenthss. der kgl. Bibliothek zu Stockholm, enthalten, fehlt aber in den beiden anderen Handschriftenclassen, und ist somit aller Wahrscheinlichkeit nach eine spätere Interpolation; da dieselbe indessen wenn auch nicht mit der ältesten, vielleicht noch dem Schlusse des 13. Jhdts. angehörigen, aber doch mit jener zweiten Hand geschrieben ist, welche jünger als jene erstere, aber doch älter als die dritte, mit cap. 2, S. 192, Anm. 11, beginnende und der Mitte des 14. Jhdts. angehörige Hand ist[1]), so muss sie jedenfalls der ersten Hälfte dieses letzteren Jhdts. angehören. Ferner berichtet die Grettla, cap. 58, S. 132: „Grettir var jafnan með Birni, ok reyndu þeir margan fnekleik, ok vísar svá til í sögu Bjarnar[2]), at þeir kallaðist jafnir at íþróttum, en þat er flestra manna ætlan, at Grettir hafi sterkastr verit á landinu, síðan þeir Ormr Stórólfsson ok þórálfr Skólmsson lögðu af aflrauuir[3])". Und widerum cap. 95, S. 208: „Hefir Sturla lögmaðr svá sagt, at engi sekr maðr þykkir hánum jafnmikill fyrir sér hafa verit, sem Grettir hinn sterki. Finnr hann til þess þrjár greinir: þá fyrst, at háuum þykkir haun vitrastr verit hafa, þvíat hann hefir verit lengst í sekt einhverr manna, ok varð aldri unninn, meðan hann var heill; þá aðra, at hann var sterkastr á landinu sinna jafnaldra, ok meir laginn til at koma af aptrgöngum ok reimleikum, enn aðrir menn; sú hin þriðja, at hans var hefnt úti í Miklagarði, sem einskis annars íslenzks manns; ok það með, hverr giptumaðr þorsteinn drómundr varð á sínum efstum dögum, sá hinn sami, er hans hefndi". Die letztere Stelle zeigt sich deutlich als einige Zeit nach Sturla's Tod (1284) geschrieben, gleichviel übrigens, ob sie demselben mit oder ohne Recht die auf seinen Namen hin angeführten Bemerkungen in den Mund legt; aber auch von der ersteren hat Guðbrandr Vigfússon bereits bemerkt[4]), dass sie in anderen Recensionen der Sage fehlt, und aus diesem wie aus anderen Gründen eine spätere Interpolation, wahrscheinlich aus dem Anfange des 14. Jhdts. sein müsse. Allerdings heisst es auch in der Hólmverja s., cap. 40, S. 117—18. von Hörðr Grímkelsson: „Segir ok svo Styrmir prestr hinn fróði, at honum þikkir hann hafa verit í meira lagi af sekum mönnum,

---

1) Vgl. Íslendinga sögur, II, S. XXI—III, und XXXIX—XL, sowie Arwidsson, Förteckning, S. 26—27.
2) Bjarnar s. Hítdælakappa, S. 38—39: váru (Björn und Grettir) kallaðir jafnsterkir menn.
3) Die hier in Bezug genommenen Kraftproben Orms und þórálfs werden im Orms þ. Stórólfssonar der Flateyjarbók, I, S. 524, erzählt.
4) Ný félagsrit, XVIII, S 164; vgl. S. 162.

sakir vizku ok vopnfimi, ok allrar atgjörfi; hins ok annars, at hann var svo mikils virðr útlendis, at jarlinn í Gautlandi gipti honum dóttur sína; þess hins þriðja, at eptir eingan einn mann á Íslandi hafa jafn margir menn verit í hefnd drepnir, ok urðu þeir allir ógildir". Und nicht minder sagt die Eyrbyggja, welche doch aller Wahrscheinlichkeit nach um die Mitte des 13. Jhdts., und jedenfalls noch vor der Unterwerfung Islands unter den König von Norwegen abgefasst wurde, in ihrem cap. 12, S. 14: „Steinþórr er til þess tekinn, at hinn þriði maðr hafi bezt verit vígr á Íslandi með þeim Helga Droplaugarsyni ok Vémundi kögr", sodass man sich allenfalls versucht fühlen möchte, die Neigung zu derartigen Vergleichungen, welche ohnehin in dem alten Unterhaltungsmittel des „mannjafnaðr" bereits ihr Vorbild hatte[1]), bis über die Mitte des 13. Jhdts. hinaufzudatiren. Indessen ist doch zu bemerken, dass unsere handschriftliche Gewähr für die Eyrbyggja nicht über die Vatnshyrna und den Cod. Guelferbitanus hinausreicht, von denen die erstere um das Jahr 1400, und der letztere nur um ein halbes Jahrhundert früher geschrieben ist, und dass die Hólmverja s. unzweifelhaft nur mit zahlreichen späteren Interpolationen versehen uns vorliegt[2]); eine ganze Handschriftenclasse der letzteren hat statt der oben ausgeschriebenen Bemerkung nur den kurzen Satz: „segja menn, at eptir engan mann sekan hafi jafnmargir í hefnd verit drepnir sem Hörð", und deren obige Fassung verräth sich unzweifelhaft als eine der Grettis s. nachgebildete Parallele, bei welcher Styrmir nur genannt sein mochte um dem Sturla das Gegengewicht zu halten. Vergleichungen aber wie die in der Fagrskinna, § 25, S. 14: „Þórólfr Skólms sunr var kallaðr jafnsterkr Hákoni, en engi fannsk hinn þriði þeirra maki at sterkleik", oder wie die oben aus der Bjarnar s. Hítdælakappa angeführte, oder das bekannte Urtheil des Þorgils Arason über Grettir Ásmundarson, Þormóðr Kolbrúnarskáld und Þorgeirr Hávarðsson, welches die Grettla, cap. 51, S. 115—16. anführt, gehören überhaupt nicht hieher, da es sich hiebei um eine einfache Abwägung der Leistungsfähigkeit oder der

---

1) vgl. z. B. Heimskringla, Sigurðar s. Jórsalafara, cap. 26, S. 681; Morkinskinna, S. 166; FMS. VII, cap. 26, S. 110.
2) vgl. Jón Sigurðsson, in den Islendinga sögur, II, S. IV.

Charakteranlagen gleichzeitig Lebender durch ihre Zeitgenossen handelt, nicht aber um eine litterarische Spielerei mittelst der Gegenüberstellung von Männern aus ganz verschiedenen Zeiten durch Schriftsteller, welche einer ungleich späteren Periode angehörten als sie alle.

Fasse ich nun alles Bisherige zusammen, so ergeben sich mir folgende Schlüsse auf die muthmassliche Entstehungsgeschichte der Hænsaþóris saga. Dieselbe scheint mir ursprünglich nur auf Grund mündlich umlaufender Ueberlieferungen aufgezeichnet worden zu sein, vollkommen unabhängig von jeder Beeinflussung durch die Geschichtschreibung Ari's. Für die gänzliche Unbekanntschaft des Verfassers der Sage mit dieser letzteren scheinen mir nicht nur die mancherlei Abweichungen der Quelle von der Darstellung Ari's zu sprechen, sondern weit entschiedener noch der andere Umstand, dass in derselben ursprünglich die weitaus bedeutendste Folge der Verhandlungen, welche gelegentlich des Processes gegen die Mordbrenner am Allding geführt wurden, die Einführung nämlich einer neuen Bezirksverfassung auf der Insel, mit keinem Worte erwähnt war; es scheint mir geradezu undenkbar, dass der Verfasser der Sage in seiner ausführlichen Darstellung der betreffenden Vorgänge dieser hochwichtigen Neuerung mit keiner Sylbe gedacht haben sollte, wenn er aus Ari's Werken von ihrem Zusammenhange mit der von ihm besprochenen Streitsache Kenntniss gehabt hätte. Dass aber unser Verfasser nur aus mündlichen Ueberlieferungen schöpfte, wie solche an Ort und Stelle umliefen, das ergiebt sich zum Theil schon aus eben dieser seiner Unbekanntschaft mit dem namhaftesten und allgemeinst bekannten Schriftsteller seiner Heimat, zum Theil aber folgere ich es aus der eigenthümlichen Beschaffenheit, welche seine Erzählung der auch von Ari besprochenen Vorgänge zeigt, und aus der vollkommenen Localkenntniss, welche die Sage in allen und jeden Beziehungen verräth. Es begreift sich, dass in der Zeit, da man auf Island überhaupt anfieng Sagen aufzuzeichnen, die Localsage im Borgarfjörðr sich noch lebhaft genug mit dem berühmten Mordbrande beschäftigen mochte; es begreift sich aber auch, dass in den dritthalbhundert Jahren, welche zwischen ihm und der Abfassung unserer Sage in Mitte lagen, die Erinnerung an denselben sich bereits vielfach verzerrt und verdunkelt hatte, — dass gar manche geschichtliche Thatsachen fallen gelassen, gar manche ungeschichtliche Züge aufgenommen, endlich auch gar manche Verwechslungen in Bezug auf Personen und Ereignisse in die Erzählung eingedrungen sein mochten, wie ja diess Alles bei Ueberlieferungen, welche geraume Zeit hindurch lediglich auf mündlichem Wege sich fortpflanzen, ganz regelmässig der Fall zu sein pflegt. Theils aus jener Unbekanntschaft des Verfassers der Sage mit Ari's Werken, theils aber auch aus der ungekünstelten und lebensfrischen Darstellungsweise desselben schliesse ich endlich, dass derselbe kein gelehrter Kleriker vom Schlage des Oddr Snorrason, Gunnlaugr Leifsson oder Styrmir Kárason, sondern entweder ein Laie oder doch ein Geistlicher von geringerer Gelehrsamkeit und grösserer Volksthümlichkeit gewesen sein müsse als jene; seinen Namen zu errathen, überlasse ich Anderen, da mir hiezu jeder Anhaltspunkt fehlt, und bemerke nur, dass an den mit Ari's Schriften wohlbekannten Snorri Sturluson nicht gedacht werden darf, obwohl dieser vom Frühjahre 1202. ab zu Borg, und vom Frühjahre 1208. ab zu Reykjaholt wohnte[1], und gerade am letzteren Orte sich viel mit Sagenschreibung befasste[2]), also hart neben jenem Hofe zu Breiðabólstaðr, welchen seinerzeit die eine der Hauptpersonen unserer Sage, nämlich Túngu-Oddr, bewohnt hatte. — Das so entstandene Original unserer Sage scheint mir sodann die Quelle gewesen zu sein, aus welcher Styrmir oder Sturla, wahrscheinlicher jedoch der erstere, ihre von Ari abweichenden Angaben über den Mordbrand, und was mit demselben zusammenhängt, geschöpft haben, welche dann von ihnen aus in unsere eigentliche Landnáma sowohl als in unsere Hauksbók übergiengen; auch die Verfasser der Annalen und der Bárðar s. dürften ihre Nachrichten, direct oder indirect, wider lediglich aus jener Bearbeitung der Landnáma bezogen haben. Ist diese meine Annahme richtig, so gewährt dieselbe auch einen festen Anhaltspunkt für die Bestimmung der Zeit, in welche die ursprüngliche Abfassung unserer Sage gefallen sein musste. Wurde dieselbe nämlich wirklich von Styrmir bei seiner Bearbeitung der Landnáma gebraucht, so musste sie jedenfalls vor dem Jahre 1245. bereits aufgezeichnet gewesen sein, als in welchem jener starb; da aber ande-

---

1) vgl. Jón Sigurðsson, im Diplomat. Island., I, S. 349.
2) Sturlúnga, V, cap. 11, S. 123.

rerseits vor dem letzten Quartale des 12. Jhdts. die Abfassung der
Íslendínga sögur auf der Insel überhaupt noch nicht in Gang gekommen
war, und die sehr gewandte Darstellung in unserer Sage diese doch
auch nicht zu den ersten unbeholfenen Versuchen auf diesem Gebiete
zu zählen erlaubt, dürfte sich der für die erste Aufzeichnung der Hænsaþóris s. in Frage kommende Zeitraum etwa auf die Jahre 1195—1245.
begrenzen, keinenfalls aber über das Jahr 1284, in welchem Sturla starb,
herabrücken lassen. — Weiterhin scheint mir dann aber auch unsere
Sage selbst wider eine Ueberarbeitung erlitten zu haben, bei welcher
die Landnáma, und zwar bereits in der Gestalt benützt wurde, welche
sie in Styrmir's Hand angenommen hatte; ich schliesse dies», abgesehen
von Gründen, die aus den früheren Auseinandersetzungen sich bereits
ergeben, zumal auch daraus, dass der Ueberarbeiter seine Darstellung
doch wohl mit den Angaben Ari's in besseren Einklang zu bringen gesucht haben würde, wenn er in der von ihm benützten Recension der
Landnáma diese noch vorgefunden hätte. Bei dieser Gelegenheit erst
dürfte die Verschmelzung der beiden Blundketils in dieselbe hineingekommen sein, welche sich der gelehrte Prior hatte zu Schulden kommen lassen; ebenso die störende Besprechung des Torfi Valbrandsson
in cap. 1, S. 122, der Brüder des Þorkell treffil in cap. 1, S. 124,
u. dgl. m. Neben den aus der Landnáma geschöpften Zusätzen scheint
aber gleichzeitig auch in manchen anderen Beziehungen der ursprüngliche Verlauf der Erzählung umgestaltet und interpolirt worden zu sein;
ob gerade damals auch jene aus der älteren Íslendíngabók herüber-
genommene Episode über die Ordnung der Bezirksverfassung in diese
hereingekommen sei, oder ob nicht etwa erst ein späterer Abschreiber solche
in dieselbe eingeschaltet habe, lasse ich dahingestellt, da mir das bei
dieser Interpolation eingeschlagene Verfahren ein noch ungleich roheres
scheint als dasjenige, welches jener erstere Ueberarbeiter der Sage be-
obachtet hatte. Ist aber meine Vermuthung begründet, dass dieser
erste Ueberarbeiter unserer Sage die Landnáma bereits in der von
Styrmir herrührenden Gestalt benützt habe, so lässt sich ebendamit auch
für seine Thätigkeit wenigstens annähernd eine Zeitbestimmung gewinnen. Vor der Mitte des 13. Jhdts. kann derselbe nicht gearbeitet haben,
während andererseits der sprachliche Charakter seiner Darstellung sowohl

als deren rein nationale, jedem Einflusse fremdländischen Geschmackes noch durchaus unzugängliche Haltung seine Wirksamkeit kaum über die Mitte des 14. Jhdts. herabzurücken gestattet. Berücksichtigt man, dass der Ueberarbeiter, wie oben nachgewiesen wurde, der Rechtsterminologie bereits nicht mehr völlig mächtig war, wie solche der in den Jahren 1262—80, entstandenen, und in der Staðarhólsbók nidergelegten Recension der sog. Grágás noch geläufig war[1]), und dass er auf die Anfangs so misliebigen Bestimmungen der Jónsbók über die Expropriation von Heuvorräthen trotz der ungesucht sich darbietenden Gelegenheit keinerlei Seitenblick warf, so dürfte sich alle Wahrscheinlichkeit dafür ergeben, dass seine Thätigkeit eher der zweiten als der ersten Hälfte jenes Zeitraumes, also ungefähr dem Anfange des 14. Jhdts. zuzuweisen sein möchte.

Durch die bisherigen Erörterungen über die Entstehungsgeschichte unserer Sage ist meines Erachtens auch bereits das Urtheil im Wesentlichen entschieden, welches wir über deren Glaubwürdigkeit zu fällen haben. Alle diejenigen Theile der Erzählung, welche wir lediglich auf den Ueberarbeiter der Sage zurückzuführen Grund haben, können natürlich nicht den mindesten Glauben beanspruchen, soferne dieselben theils rein willkürliche Erfindungen ihres Verfassers, theils wenigstens nur aus anderen Quellen geschöpft sind, die wir selber wider als sehr wenig verlässige kennen gelernt haben. Aber auch jener andere, und weitaus überwiegende Theil des Inhaltes unserer Sage, welcher von Anfang au in derselben wurzelhaft gewesen war, kann doch nicht auf ein höheres Mass von Glaubwürdigkeit Anspruch machen, als welches mündlichen Ueberlieferungen zugestanden werden kann, welche erst dritthalb Jahrhunderte nach dem Eintritte der Ereignisse aufgezeichnet wurden, von welchen sie berichten, und in allen denjenigen Punkten zumal, in welchen unsere Sage mit den Angaben des alten Ari in Widerspruch steht, haben diese letzteren meines Erachtens unbedingt vorzugehen. Mit dieser Behauptung trete ich allerdings dem Urtheile der anerkanntesten Autoritäten direct entgegen, welche sich sammt und sonders gegen Ari

---

1) vgl. über deren Entstehungszeit meine Bemerkungen in der Germania, XV, S. 1—17.

und für unsere Sage ausgesprochen haben; so P. E. Müller[1]), Jón Sigurðsson[2]), Guðbrandr Vigfússon[3]), und wohl auch Munch, der sich zwar nicht ausdrücklich über die Frage ausspricht, aber doch seine ganze Darstellung der betreffenden Vorgänge auf unsere Sage baut[4]). Indessen kann ich mir nicht einreden, dass Ari, der auf die Genealogie seines Hauses hinreichenden Werth legte, um dessen Mannsstamm von Vater auf Sohn durch 37. Glieder hinaufzuverfolgen, von denen doch wenigstens die letzten 8. durchaus geschichtlich sind, und welcher noch von der alten þuríðr so Vieles erfahren hatte, der Tochter des im Jahre 1031. verstorbenen Snorri goði, nicht um die Töchter jener Helga Bescheid gewusst haben sollte, welche die Schwester eben jenes þórðr gellir gewesen war, von dem er selber im directen Mannsstamme nur um 5. Glieder abstand. Umgekehrt aber macht mir kein Bedenken, dass die lediglich der mündlichen Ueberlieferung überlassene Localsage im Borgarfjörðr nicht nur über einen der Geschlechtstafel der Breiðfirðíngar angehörigen Personennamen irre gehen, sondern sogar in einer dem eigenen Bezirke angehörigen Genealogie ein Glied ausfallen lassen, und in Folge dessen den Herstein zum Sohne Blundketils und diesen letzteren zum Opfer des Mordbrandes machen konnte; schon der auffälligere Name Blundketils mochte ihr genügen, um diesen an die Stelle seines Sohnes þorkel treten zu lassen, und nachdem man vollends angefangen hatte den Blundketil der Egils saga mit dem der Hænsaþóris saga zusammenzuwerfen, bleibt vollends kaum noch ein anderer Ausweg, da man den Herstein doch unmöglich zugleich im Jahre 965. schon heirathen lassen, und zum Urenkel eines Weibes machen konnte, welches die Schwester eines Mannes war, der erst um 990. starb! Es versteht sich übrigens von selbst, dass derartige Ungenauigkeiten im Einzelnen der Glaubwürdigkeit unserer Sage in anderen Beziehungen, die wir auf deren ursprüngliche Gestalt zurückzuführen berechtigt sind, keinen Abbruch zu thun vermögen, und in einem rechtsgeschichtlich nicht uninteressanten Punkte

---

1) Sagabibl., I, S. 84.
2) Íslendínga sögur, II, S. 122—3, Anm. 10.
3) Safn til sögu Íslands, I, S. 323.
4) norweg. Geschichte, I, 2, S. 153—7.

glaube ich sogar deren Angabe gegenüber mehrfachen Anfechtungen, welche sie gefunden hat, schliesslich noch in Schutz nemen zu sollen; er betrifft die Localität, an welcher im Jahre 965. das Allding gehalten wurde.

In cap. 14, S. 171, unserer Sage heisst es nämlich in Bezug auf das Allding kurz und bündig: „en þingit var þá undir Ármannsfelli". In keiner anderen Quelle findet diese Angabe eine Bestätigung, und mit den Worten der Íslendíngabók, cap. 3, S. 6: „alþíngi vas sett at ráþi Úlfljóts oc allra landsmanna, þar es nú es; en áþr vas þing á Kjalarnesi, þat es þorsteinn Íngólfsson landnámamanns, faþir þorkels mána lögsögomanns, hafþi þar, oc höfþíngjar þeir es at því hurfu", scheint dieselbe sogar in directem Widerspruche zu stehen. So hat denn auch bereits Jón Eiríksson unter Verweisung auf diese Gründe die Glaubwürdigkeit jener Nachricht unserer Quelle anfechten wollen[1]), und später hat sich Jón Sigurðsson in demselben Sinne ausgesprochen[2]); mir will indessen scheinen, als ob die angeführten Worte der Íslendíngabók eher für als gegen die Richtigkeit der Notiz sprechen dürften. Dem Versuche freilich, welchen Guðbrandr Vigfússon neuerdings in dem von ihm herausgegebenen Wörterbuche Cleasby's gemacht hat, beide Stellen in Einklang zu bringen, kann ich mich nicht anschliessen. Wenn er nämlich meint[3]), schon vor dem Jahre 930. habe Island in dem von Ari besprochenen Kjalarnessþínge, „a general assembly" besessen, und diese sei nur in dem genannten Jahre von Kjalarnes weg nach der Öxará verlegt worden „near to the mountain Ármannsfell", sodass die bestrittene Stelle der Hænsaþóris s. eben nur besage, dass die betreffenden Vorgänge sich erst nach dieser Verlegung der Versammlung zugetragen hätten, so habe ich hiegegen vor Allem einzuwenden, dass weder die obige Stelle unserer Íslendíngabók noch die in der jüngeren Melabók überlieferte etwas ausführlichere Angabe über die Stiftung des

---

1) bei Jón Árnason, Historisk Indledning til den gamle og nye Islandske Rættergang, S. 449.
2) in seiner Vorrede zu Bd. II. der Íslendínga sögur, S. XV.
3) s. v. alþíngi, S. 18.

Kjalarnesþínges¹), von welcher ich anderwärts bereits dargethan habe²), dass sie aus der uns verlorenen ersten Recension desselben Werkes geflossen sein müsse, diese Versammlung als eine allgemeine, d. h. für das gesammte Land eingesetzte bezeichnen. Ari spricht nur davon, dass neben Þorsteinn Ingólfsson noch einige weitere Haüptlinge bei derselben betheiligt waren, und jene andere Stelle nennt uns als solche den Helgi Bjóla und den Örlýgr; es sind also nur Haüptlinge, die zu Reykjavík, Esjuberg, Hof, d. h. in nächster Nähe des Vorgebirges Kjalarnes wohnten, welche uns genannt werden, und Ari's eigener Ausdruck weist überdiess bestimmt genug darauf hin, dass nur einige, keineswegs aber alle Haüptlinge sich an dem Dinge betheiligten, wie denn auch in der That ein alsherjarþíng oder landsþíng insolange nicht möglich war, als man sich nicht über alsherjarlög oder landslög geeinigt hatte, wenn auch gelegentlich einmal in Ermangelung eines anderen Ausweges eine einzelne Rechtssache aus einem entfernteren Bezirke an jenes Ding durch den Consens der Partheien gebracht werden mochte³). Es ist demnach nicht die Gleichartigkeit beider Versammlungen in Bezug auf die Ausdehnung ihres Sprengels, was den Ari veranlasste, sie mit einander in eine gewisse Verbindung zu bringen, sondern lediglich der ganz andere Umstand, dass man in Anerkennung des Verdienstes, welches Þorsteinn sich durch die Stiftung des angesehenen Kjalarnesþínges erworben hatte, und doch wohl auch in Berücksichtigung der anderen Thatsache, dass er der Sohn des ersten und zugleich eines der mächtigsten unter den Einwanderern war, ihm die Hegung des neugestifteten Alldinges für sich und seine Nachfolger in seinem Godorde überliess; die jüngere Melabók lässt diesen Causalnexus noch ganz deutlich erkennen, und damit jeden Grund verschwinden, der zu der Auffassung des alten Kjalarnesþínges als einer allgemeinen Landesversammlung bestimmen könnte. Ausserdem möchte auch die Bezeichnung „undir Ármannsfelli" auf die spätere Dingstätte der Landesversammlung topographisch kaum passen. So imposant der Gipfel dieses Berges über die Dingfläche

---

1) Íslendínga sögur, I. S. 336.
2) Quellenzeugnisse, S. 28—29.
3) Grettla, cap. 10, S. 16.

hereinsieht, so liegt derselbe doch meines Erachtens allzu weit von der
Stelle ab, wo sich nach Ausweis unserer Sagen und Rechtsbücher die
Landsgemeinde zu versammeln pflegte, als dass man von deren Versammlung an seinem Fusse sprechen könnte. Dagegen glaube ich allerdings auf einem ganz anderen als dem von Guðbrand eingeschlagenen
Weg zu dem von diesem erstrebten Ziele gelangen zu können. Genau
erwogen, sagen nämlich die Worte Ari's nur, dass das Allding zu der
Zeit da er schrieb, d. h. etwa in den Jahren 1120—30, an derselben
Stelle gehalten worden sei, die ihm Úlfljótr um zwei Jahrhunderte früher
angewiesen hatte; dass man es aber auch während dieser ganzen
Zwischenzeit niemalen an einem anderen Flecke gehalten habe, das liegt
ganz und gar nicht in seinen Worten, vielmehr möchte man umgekehrt
daraus, dass er sich überhaupt veranlasst sah die Identität jener ursprünglichen Dingstätte mit der zu seiner eigenen Zeit gebräuchlichen
ausdrücklich hervorzuheben, sogar darauf schliessen, dass vorübergehende
Verlegungen derselben an andere Orte in der Zwischenzeit allerdings
vorgekommen seien. Völlig stringent ist der letztere Schluss allerdings
nicht, da sich gegen ihn einwenden lässt, dass Ari bei seiner Bemerkung
nur an den Gegensatz der neueren zu þingvellir, und der älteren zu
Kjalarnes gehaltenen Versammlung gedacht haben möge; aber fürs Erste
ist diese Auslegung wenig wahrscheinlich, da dieser letztere Gegensatz
bereits durch die Bezeichnung der ersteren Versammlung als alþingi,
d. h. als eine das ganze Land betreffende, und die Charakterisirung der
letzteren als einer nur von einzelnen Haüptlingen eines einzelnen Landestheiles gebildeten ungleich schärfer hervorgehoben war, als er diess durch
die Verweisung auf die vergleichsweise doch nur sehr wenig bedeutsame
Verschiedenheit des Versammlungsortes werden konnte, und fürs Zweite
würde eine derartige Einwendung, deren Stichhaltigkeit sogar zugegeben,
doch immerhin nur feststellen, dass Ari bei diesen seinen Worten nicht
ausdrücklich auf eine inzwischen eingetretene Verlegung der Dingstätte
hindeuten wollte, aber ganz und gar nicht beweisen, dass er solche
durch dieselben ausdrücklich als nichterfolgt bezeichnen wollte. An
Zweierlei kann man aber denken, wenn man eine temporäre Verlegung
der Dingstätte sich erklären will. Wir wissen aus den Annalen, dass
im Jahre 1178. die gesetzgebende Versammlung im Haukadalr zusam-

mentratt, also über eine Tagreise entfernt von der ordentlichen Dingstätte, und wenn uns zwar alle näheren Angaben über den Grund dieser Unregelmässigkeit fehlen, so werden wir doch kaum irren, wenn wir denselben in irgend welchen Partheikämpfen suchen, welche den Besuch von þíngvellir bedenklich oder unmöglich erscheinen liessen. Anderentheils wissen wir aber auch, dass die ganze Umgebung der Dingstätte tief zerklüftet, und den plötzlichsten Umwälzungen ausgesetzt ist, wie denn z. B. Eggert Ólafsson erzählt[1]), dass im Jahre 1740. plötzlich während der Dingzeit die Öxará so vollständig ausblieb, dass man 8. Tage lang trocknen Fusses durch deren Bett gehen konnte, bis endlich nach Ablauf dieser Zeit der Fluss ebenso plötzlich in seiner alten Stärke wider hervorbrach. Bei solcher Bodenbeschaffenheit ist es nun leicht denkbar, dass irgend eine Ænderung im Wasserlaufe, ein Einsinken einzelner oder eine Spaltung anderer Felsparthieen, ein Bergschlipf, u. dgl. m. eine vorübergehende Verlegung der Dingstätte an einen anderen, nicht allzu weit abgelegenen Ort veranlasst haben mag, und der unanstössige Grund solcher Verlegung, die geringe Entfernung der interimistischen Dingstätte, sowie die kurze Dauer ihres Gebrauches lassen es leicht erklärlich erscheinen, wenn von deren Wahl sowohl als von der Rückkehr zu dem normalen Versammlungsorte in den Quellen sonst nirgends gesprochen wird. Weit schwerer wäre es jedenfalls zu erklären, wie der Verfasser unserer Sage auf den Einfall gekommen sein sollte, dem Alldinge eine andere als seine allbekannte Dingstätte anzuweisen, woferne ihm nicht eine wirkliche geschichtliche Ueberlieferung in dieser Richtung zu Gebote gestanden wäre. So werden wir denn unbedenklich in diesem Punkte der Autorität der Hænsaþóris saga vertrauen, und an die Abhaltung des Alldinges von 965. an etwas weiter nordwärts gelegener Stelle glauben dürfen.

---

[1] Reise igiennem Island, S. 881—2.